Petra Schneider

Surina
schau aus dem Fenster

Petra Schneider

Surina

schau aus dem Fenster

Bibliografische Information der Deutschen Nationalbibliothek: Die Deutsche Nationalbibliothek verzeichnet diese Publikation in der Deutschen Nationalbibliografie; detaillierte bibliografische Daten sind im Internet über www.dnb.dnb.de abrufbar.

2017 Petra Schneider
Herstellung und Verlag:
BoD – Books on Demand, Norderstedt

ISBN: 9783743166288

Unruhig lag Surina im Bett, wälzte sich hin und her und konnte keinen Schlaf finden. Ihr Herz raste. So ging das nun schon seit Monaten. Als sie endlich einschlief, klingelte der Wecker. So gerne wäre sie noch etwas liegen geblieben, aber es half nichts. Sofort dachte sie an ihre beiden Kinder, an ihren Job und an Thomas, ihren Mann. Sie quälte sich mühsam aus dem Bett, ging ins Badezimmer und lies sich jede Menge kaltes Wasser über ihr Gesicht laufen. Ein Blick in den Spiegel, war das Surina?

Sie hatte einen guten Job in einem Reisebüro, war Mutter von zwei Kindern, Sofie 13 Jahre und Max 7 Jahre und nicht zu vergessen Ehefrau eines Bankdirektors, der in seiner Arbeit aufging und die meiste Zeit im Büro verbrachte.

Eilig ging sie ins Zimmer von Sofie, die morgens nie aus dem Bett kam, Sofie aufstehen!

Max stand schon am Fenster und beobachtete die Flugzeuge am Himmel.

Sie bereitete das Frühstück zu und die Pausenbrote der Kinder. Sofie, steh doch auf!

Surina war morgens schon müde und fühlte sich schlapp. Max kam gut gelaunt die Treppe herunter, drückte seiner Mutter einen Kuss auf die Wange und Surina wurde für einen Augenblick ruhiger. Eilig lief sie die Treppe empor, Sofie lag immer noch im Bett. Sofie, weist du eigentlich wie spät es ist? Mit einem Ruck riss sie die Fenster auf, ganz gemütlich krabbelte Sofie aus dem Bett, schlenderte ins Bad und blockierte dieses, wie jeden Morgen. Surina atmete einmal kräftig durch, raste die Treppen hinunter, um gerade noch die Milch für den Kakao zu retten, die fast am überlaufen war. So das Frühstück war fertig, Max saß da und mampfte sein Brot mit viel Nutella, er grinste von vorne bis hinter die Ohren. Mama, heute bekommen wir Besuch in der Schule. Doch Surina war schon weg, sie hatte vergessen ihren Mann zu wecken. Als sie an der Badezimmertüre vorbei kam, klopfte sie heftig um Sofie zu ermahnen, sich zu beeilen. Hastig stürmte sie ins Schlafzimmer, ihr Mann lag in den Kissen und schnarchte leise vor sich hin. Am liebsten hätte sie einen Schrei losgelassen, jedoch besann sie sich und weckte ihren Mann zärtlich. Wie spät ist es denn? Doch bevor Surina antworten konnte, warf er einen Blick auf die Uhr. Was kurz nach sieben und du kommst erst jetzt? Surina, du denkst nur an dich, ich sollte pünktlich im Büro sein, schimpfte Thomas und schon war er verschwunden. Sie hörte die Streiterei zwischen Thomas und Sofie, die immer noch im Bad beschäftigt war.

Surina stand am Fenster und sah in den Himmel. Sie hatte eine Familie, einen guten Job, ein schönes Haus und trotzdem fehlte ihr etwas. Doch diese Gedanken verwarf sie schnell, sie dachte an Max, der ganz allein in der Küche saß. Max du wolltest mir doch etwas von der Schule erzählen. Doch Max stand auf, schnappte seine Schultasche, drückte seiner Mutter noch einen Kuss auf die Wange und lief vergnügt aus dem Haus. Sofie hörte sie nur noch an der Eingangstür rufen: Ich bin weg, bis heute Mittag! Thomas immer noch ärgerlich, kam auf sie zu. Surina so geht das nicht, bekomme endlich dein Leben auf die Reihe. Doch sie war so müde, ging ins Bad, denn auch sie musste los um pünktlich an ihrem Arbeitsplatz zu sitzen. So ging das jeden Morgen, außer am Wochenende, da konnten alle ausschlafen.

Surina saß an ihrem Schreibtisch in einem großen Reisebüro. Sie war in Gedanken, es ratterte nur so in ihrem Kopf. Max kommt um 13 Uhr, Sofie um 14 Uhr, Essen kochen, Staub saugen, nur nichts vergessen, wie in einem Karussell fühlte sie sich, das sich langsam in Bewegung setzte und immer schneller fuhr.

Frau Schwarz ein Kunde für Sie, Frau Schwarz? Surina fuhr hoch, ihr Chef stand vor ihr mit einem Kunden. So riss sich Surina zusammen und ging professionell auf die Wünsche des Kunden ein. Der Vormittag verging und um 12 Uhr hatte sie es geschafft, jetzt noch schnell zum Einkaufen. Sie stand im Supermarkt vor den Regalen, was sollte sie nur wieder kochen? Es sollte etwas einfaches schnelles sein, das die Kinder gerne mögen. So griff sie zu einem Glas Tomatensoße und Käse, Nudeln hatte sie zuhause, das aßen die Kinder immer gern. Ihr Handy klingelte, auch das noch. Schatz ich bringe heute Abend Bernd mit, du weist ja, wie immer was Feines zum Essen und vergiss nicht den Wein zu besorgen, den Bernd so gerne trinkt. Aufgelegt, ihr kamen die Tränen, Surina reiß dich zusammen, sagte sie zu sich selbst. Schnell fuhr sie noch beim Weinhändler vorbei und kurz darauf war sie endlich zuhause. Max stand schon an der Tür, Mama wo bist du? Ich habe Hunger! Gleich Max, ich koche gleich was. Sie stürmte in die Küche, stellte Wasser auf und dachte an den Abend mit Thomas und Bernd. Mama das Wasser kocht über, so ein Mist, schnell zog sie den Topf von der Herdplatte. Sofie kam schreiend nach Hause, so eine Gemeinheit, ich habe eine fünf in Englisch, obwohl ich so viel gelernt habe, das ist gemein. Surina versuchte ihre Tochter zu trösten, nebenbei bereitete sie das Essen zu und endlich saßen

alle Drei am Esstisch. Max lies es sich schmecken, Sofie hatte keinen Hunger und Surina war der Appetit auch vergangen. Es war einfach zu viel, viel zu viel für sie.
In ihrem Kopf lief das Karussell schneller und schneller. Ihr Herz klopfte bis zum Hals. Ich schaffe das, redete sie sich ein. Wie jeden Tag hatte sie das Haus geputzt, das Essen stand bereit, jetzt fehlte nur noch ihr Mann und Bernd. Pünktlich um 19 Uhr standen beide im Esszimmer. Surina hatte sich hübsch Zurecht gemacht. Sie trug ein blaues Kleid, das ihrem Mann besonders gut gefiel. Setzt euch doch, ich serviere gleich den ersten Gang. Sie hatte wundervoll gekocht, als Vorspeise Blätterteigpastete. Thomas und Bernd waren begeistert von Surinas Kochkünsten. Surina bringst du den Wein? Ihr wurde heiß und kalt zugleich, sie hatte vergessen den Wein kalt zu stellen. Wie sollte sie das Thomas beibringen, ihm waren diese Geschäftsessen so wichtig.
Mama, Mama schrie Max, eine Biene, mein Fuß, Mama, Mama! Auch das noch, sie rannte nach oben, Max jammerte vor sich hin. Warte mein Schatz. Schnell holte sie ein kaltes feuchtes Tuch und kühlte den Bienenstich an seinem Fuß. Surina, wo bleibst du, der Wein? Ich schaffe das, sagte sich Surina und ging die Treppe hinunter.

Unten wurde sie von Thomas erwartet. Surina was soll das, wo bist du, du weist genau wie wichtig mir dieses Essen mit Bernd ist. Wo ist der Wein?

Ihr Herz klopfte, ihr Kopf schmerzte. Als ihr Mann erfuhr, dass der Wein noch immer im Auto lag, rastete er aus. Surina ich versteh dich nicht, ich arbeite täglich 10 Stunden und du halbtags und bekommst nichts auf die Reihe. Sie stand da wie ein kleines Mädchen, ihr Körper fühlte sich an wie Wackelpudding. Jetzt nur nicht umfallen, du schaffst das, sprach sie sich selbst in Gedanken Mut zu. Der Abend endete für Thomas in einer Katastrophe und für Surina in einem Bad der Gefühle. Sie weinte still vor sich hin, bis sie endlich einschlief.

Am nächsten Morgen öffnete sie langsam die Augen. Guten Morgen ich hab Hunger, Max stand am Bett mit einem Grinsen im Gesicht. Ich komme gleich Max, gehe schon einmal hinunter, bin gleich da. Am liebsten hätte sie sich die Decke über den Kopf gezogen, jetzt steh auf, ermahnte sie sich. Schritt für Schritt ging sie die Treppe hinab. Das Karussell in ihrem Kopf lief langsam an, ihr Herz klopfte bis zum Hals. Ich kann nicht mehr! Du kannst, ermahnte sie sich erneut, ging in die Küche, wo Max wartete.

Mama, baden, See, essen, Hunger! Es dröhnte in ihrem Kopf. Sofie lief eilig die Treppe herab, gibt's Frühstück ich bin gleich weg. Thomas rief: Schatz ist das Frühstück schon fertig?
Surina schaffte den Tag, wie so viele vorher. Abends lag sie erschöpft in den Kissen und weinte sich, wie jeden Abend in den Schlaf.
So vergingen die Tage, Surina fühlte sich müder und schlapper, als je zuvor. So suchte sie einen Arzt auf. Frau Schwarz, ich verschreibe ihnen etwas, damit wird es Ihnen besser gehen und treten sie etwas kürzer. Ja, der hatte gut reden und wer sollte sich um alles kümmern? Thomas war mit seinem Büro verheiratet, Sofie in der Pubertät und Max, der brachte sie zum Lachen mit seiner lustigen Art, jedoch hatte er jede Menge Unfug im Kopf.
Surina schluckte die Tabletten, jedoch der Stress blieb, ebenso wie die Karussellfahrten und das Herzrasen. Es wurde von Tag zu Tag immer schlimmer. Nachts hatte sie Alpträume und am Tag ging alles wie von einem Roboter gesteuert von der Hand. Eine Auszeit nur sie irgendwo ganz allein, aber schnell verwarf sie den Gedanken, sie hatte so viel zu tun und wer sollte sich in ihrer Abwesenheit um alles kümmern? Thomas würde es nie verstehen und für Max wäre es eine Katastrophe ohne seine Mama. Surina spürte ihr Herz, es

klopfte wie wild, ihr Kopf steckte in einem Karussell, plötzlich wurde es dunkel um sie herum und sie verlor den Boden unter ihren Füssen und sackte zusammen.

Wie viel Leid soll ich dir noch schicken? Hast du noch nicht genug? Ich habe noch mehr auf Lager und werde keine Ruhe geben, bis du endlich beginnst zu leben. Ja auch ich möchte leben in Ruhe und Frieden. Täglich deine Karussellfahrten, nicht auszuhalten, die Herzraserei, es schüttelt mich von links nach rechts. Hörst du mir überhaupt zu?

Surina öffnete langsam die Augen, sie lag in einem Bett mit weiß bezogenen Bettdecken. Ich habe geträumt, wo bin ich? Sie sind im Krankenhaus Frau Schwarz, man hat sie zu Hause gefunden, sie waren ohnmächtig. Jetzt werden wir sie erst einmal untersuchen und dann sehen wir weiter, meinte der Oberarzt Dr. Paulsen.
Nach vielen Untersuchungen durfte sie wieder nach Hause. Thomas konnte es nicht fassen, komm wir fahren, ich versteh dich nicht, pass doch besser auf, was machst du für Sachen? Etwas kürzer treten, meinte Dr. Paulsen. Max schrie: Mama da bist du ja endlich, stürmisch umarmte er sie und Surina bekam einen nassen Kuss mitten auf die Stirn. Gibt es jetzt

etwas zu essen? Ungeduldig hüpfte er von einem Fuß auf den anderen. Später Max ich möchte mich etwas ausruhen. Thomas sah sie verständnislos an und Sofie, die gerade nach Hause kam platzte gleich heraus: Mama hast du meine Lieblingsbluse schon gebügelt? In ihrem Kopf setzte sich das Karussell in Bewegung, schneller und schneller.
Ich koche gleich und deine Bluse ist auch gleich fertig und ….
Thomas stand in der Tür, genervt von dem ganzen Theater. Denkst du auch an meine Hemden? Ja, jedoch im Stillen dachte sie, an was soll ich noch alles denken, was soll ich denn immer alles tun? Was möchten alle nur von mir?
Sie bereitete das Essen zu, nebenbei bügelte sie und kurze Zeit später saßen alle am Esstisch. Sofie schlang ihr Essen hinunter, wie immer hatte sie keine Zeit. Ich treffe mich gleich mit Beate und Rita, wir gehen schwimmen.
Ich will auch schwimmen, bettelte Max. Was hältst du davon, wenn wir beide hier bleiben und was schönes spielen und Eis essen? Der Vorschlag gefiel Max, er rannte in sein Zimmer, um kurz darauf mit seinem Lieblingsspiel auf der Terrasse zu sitzen. Mama, kommst du? Gleich Max, sie verabschiedete Thomas, der viel zu spät ins

Büro kam und mit bösen Blicken nicht sparte.
Mit einem schlechten Gewissen und zwei Schälchen mit Eis ging sie zu Max.
Abends im Bett tadelte Thomas: Wegen dir war ich heute viel zu spät im Büro. Nimm doch mehr von diesen Tabletten, wenn du es so nicht schaffst.
Vielleicht hatte Thomas Recht, sie nahm noch eine dieser Tabletten und schlief bald darauf ein. Mitten in der Nacht stand sie auf, an Schlaf war nicht zu denken. Stattdessen fuhr das Karussell, es wurde schneller und schneller, ihr Herz schlug wie immer bis zum Hals.

Willst du noch mehr? Ich könnte dir noch eine Verdauungsstörung oder eine Magengrippe schicken und wenn das nichts hilft, habe ich noch viel mehr auf Lager.

Surina fasste sich an die Stirn, wurde sie verrückt? Solche Stimmen hören nur Verrückte, dachte sie und legte sich wieder ins Bett. Sie wälzte sich unruhig hin und her, dachte an den nächsten Tag und ihre Aufgaben, die sie zu erledigen hatte. Irgendwann war sie eingeschlafen und träumte von Max und seinem Grinsen.
Es regnete und Max war heute nicht zum Aushalten, er wollte etwas unternehmen ihm war einfach langweilig. Max du weist doch ich

muss heute arbeiten und du verbringst den Tag bei Onkel Fritz. Max stand der Zorn im Gesicht, aber da ist es so langweilig, kein Aber Max, Mittag bin ich wieder da und wir kochen gemeinsam.

Der Vormittag im Reisebüro verlief ganz gut, nette Kunden und so begab sich Surina mittags auf den Weg, um Max abzuholen. Onkel Fritz war wie immer genervt und Max sauer, dass er seine Ferien vormittags immer hier verbringen sollte. Ich kann auf mich selbst aufpassen, bin kein Baby mehr. Surina hörte gar nicht zu, ihre Gedanken waren zu Hause und bei der nun anfallenden Arbeit. Sofie lag immer noch im Bett, jetzt steh doch auf, es ist Mittag. Ist das Essen fertig? rief Sofie nach unten. Nein, aber ich beeile mich und so wurde in der Küche geschnitten und gekocht. Max erzählte von Onkel Fritz und das er da nie wieder hin gehen würde. Aber Max, doch Surina verstummte, Thomas stand in der Tür und schimpfte mit hochrotem Kopf vor sich hin. Kochst du mir einen Tee, ich lege mich ins Bett, so ein Mist, was wird nun aus meiner Arbeit, ohne mich das gibt eine Katastrophe. Was ist denn los Thomas, du glühst ja. Grippe, kam es noch leise über seine Lippen. Auch das noch, Surina war den Tränen nahe. Der Nachmittag verlief überraschend ruhig, Max spielte in seinem

Zimmer Lego, Sofie hatte Besuch von ihrer Freundin Beate, nur Thomas wollte dies und das.

Als die Kinder abends im Bett waren, auch Thomas schien zu schlafen, saß Surina im Wohnzimmer und starrte an die Wand.

Schau aus dem Fenster, was siehst du?

Was?

Schau aus dem Fenster!

Was soll das, was soll ich tun? Ich bin verrückt, als erstes dachte sie an Max, was würde mit ihm geschehen, wenn sie im Irrenhaus landet.

Schau aus dem Fenster!

Surina hielt sich ihren Kopf, das Karussell begann sich zu drehen und drehen. Nicht auch noch dieses Herzrasen, bitte nicht, stammelte sie leise vor sich hin.

Surina, schau aus dem Fenster!

Wie ein Roboter ging sie langsam zum Fenster und sah in den dunklen Himmel. Inzwischen hatte es aufgehört zu regnen, ein paar Sterne leuchteten und der Mond

schimmerte sanft, wie eine leuchtende Scheibe.
Mama, Mama in meinem Zimmer ist eine Spinne, Mama! Max schrie und sie vergaß den Himmel, eilte die Stufen hinauf. Eine kleine Spinne saß am Fenster, vorsichtig öffnete sie dieses und die Spinne krabbelte hinaus. Max jetzt wird geschlafen! Zärtlich schmiegte sich Max an seine Mutter. Surina streichelte über seinen Kopf, gute Nacht Max, schlaf gut. Leise schloss sie die Türe und ging noch einmal ins Wohnzimmer. Wie selbstverständlich sah sie aus dem Fenster. Sterne leuchteten und der Mond strahlte, nur warum sollte sie aus dem Fenster sehen? Mond und Sterne sah man fast jeden Tag, also nichts Besonderes.
Als sie im Bett lag, schnarchte Thomas und so konnte sie keinen Schlaf finden. Sie dachte an Sofie, die viel zu schnell groß wurde. An Max der sie mit seinem Grinsen immer wieder erfreute. Dann sah sie in das Gesicht von Thomas, das sie in der Dunkelheit nur erahnen konnte. Viel Zeit war vergangen, sie hatte sich sofort verliebt als sie Thomas vor 15 Jahren das erste Mal sah. Damals war er ein kleiner Bankangestellter, wie sich das anhörte, kleiner Bankangestellter. Sie liebte diese Zeit sehr, die Zweisamkeit, die gemeinsamen Urlaube, ein Lächeln

huschte über ihre Lippen. Doch was war geblieben?
Ein Mann der immer mehr wollte im Job und mit harter Arbeit vor ein paar Jahren zum Bankdirektor aufstieg. Sie wünschte sich den kleinen Bankangestellten zurück. Ihre Kinder die ihr Leben so bereicherten und sie doch auch so forderten, dass sie oft nicht wusste was sie zuerst tun sollte. Warum war sie nicht zufrieden, sie hatte alles und doch fehlte ihr etwas, nur was?
Sie grübelte noch lange und schlief irgendwann erschöpft ein.

Guten Morgen Surina, schau aus dem Fenster!

Was? Nicht schon wieder diese Stimme, sie zog sich die Decke über den Kopf.

Hallo Surina, schau aus dem Fenster!

Wieder vernahm sie diese Stimme, doch außer Thomas der noch schlief, war keiner im Zimmer. Es war viel zu viel für sie, schnell rannte sie ins Bad, stellte sich unter die Dusche, ich spinne, ich bin verrückt. Langsam ging sie die Treppe hinunter und starrte in die Küche. Das Geschirr vom Vortag stand noch da und so versuchte sie erst einmal aufzuräumen. Ihre Gedanken wanderten zu Max. Ich muss heute noch einen Kuchen

backen, Max hat morgen Geburtstag, nur nicht vergessen.
Es war zu viel, der Tag begann mit viel zu vielen Aufgaben. Sie setzte sich ins Wohnzimmer und zog eine Decke über ihren Kopf. Die Tränen rollten über ihre Wangen, bis sie schließlich heftig zu weinen begann. Ihr Körper bebte, sie bekam kaum Luft. Ich mag nicht mehr, warum lebe ich, ich möchte am liebsten sterben. Schweiß rannte über ihre Stirn, innerlich war sie fix und fertig.
Thomas fand sie so im Wohnzimmer, er zog die Decke weg und meinte: Was soll das? Hör auf zu weinen, bevor die Kinder aufstehen, möchtest du vielleicht, dass sie dich so sehen? Das ist ja nicht auszuhalten mit dir, reiß dich zusammen, schrie er mit rotem Kopf.
Max und Sofie kamen angerannt, was ist denn los, Mama?, riefen Beide. Ach ich bin nur gestolpert, halb so schlimm, es geht schon wieder.
Morgen hab ich Geburtstag, plapperte Max los, welchen Kuchen bekomme ich, Mama? Welchen möchtest du denn? Erdbeerkuchen mit viel Sahne. Wir fahren nach dem Frühstück einkaufen und ich habe noch eine Überraschung für dich. Was denn? Wenn ich es verrate, dann ist es ja keine Überraschung mehr.

Juhu Überraschung, Überraschung, Max hüpfte von einem Bein auf das andere. Ja und ich fahre auch mit, meinte Sofie, ich brauche eine neue Jeans.
Thomas stand die ganze Zeit in der Tür und wurde zornig und ich möchte nun ein Frühstück, oder soll ich hungern. Ich muss das Geld verdienen, da ist es wohl nicht zu viel verlangt, das ich mich an einen gedeckten Tisch setzen kann, oder?
Dabei sah er seine Frau mit ernstem Blick an. Entschuldige, du hast Recht, ich bin schon unterwegs, in 10 Minuten ist alles fertig. Surina hatte sich extra zwei Tage frei genommen um Max Geburtstag vorzubereiten und mit ihm eine tolle Party zu feiern.
Ihre Knie zitterten, ihr Körper fühlte sich so leer an, im Kopf das Karussell und ein Herzschlag bis zum Hals, so stieg sie mit ihren Kindern ins Auto und fuhr los, Richtung Stadt. Max war so aufgeregt, Geburtstag feierte man auch nicht jeden Tag. Überraschung, Überraschung, sang er vergnügt in den schiefsten Tönen.
Mama fahren wir als erstes Jeans kaufen? Ja, Sofie! Jeans kaufen, Überraschung, Erdbeeren und und und, nur nichts vergessen. Surinas Zustände wurden immer schlimmer, doch sie schaffte es einzukaufen. Max bekam eine Rennbahn, die er sich schon so lange

wünschte. Sofie fand wie üblich keine Jeans, da sie überall etwas zu meckern hatte.

Bei der Rückfahrt dachte Surina, ich schaff das, es soll ein toller Geburtstag für Max werden.

Es wurde eine Megaparty, Als Max abends im Bett lag strahlte er über das ganze Gesicht, es war mein schönster Geburtstag Mama, er fiel seiner Mama um den Hals und küsste sie auf beide Wangen. Sogar Thomas war früher aus der Arbeit gekommen um mit seinem Sohn zu feiern. Was für ein schöner Nachmittag, dachte Surina. In dieser Nacht schlief sie ruhig, das Karussell stand still.

Die Ferien der Kinder waren zu Ende und der Alltag hatte sie wieder. Surina ging es immer schlechter, zu ihrem Herzrasen, ihrer Atemnot, die sie seit kurzem auch hatte und ihren Karussellfahrten, kamen nun auch noch Verdauungsstörungen dazu. Sie litt unter Bauchkrämpfen, konnte kaum ihrer Arbeit nachgehen und doch war sie tapfer und versuchte alles so gut wie möglich zu erledigen.

An diesem Tag war es besonders schlimm, sie saß am Küchentisch, eine Tasse Kaffee vor sich und schloss die Augen.

Hallo Surina, schau aus dem Fenster!

Sie schreckte hoch, es war niemand in der Küche, drehte sie nun voll durch?

Du drehst nicht durch, sondern ich, wenn du so weitermachst!

Was ist nur los mit mir, sie trank einen Schluck Kaffee, zog die Knie an ihre Brust und schloss erneut ihre Augen.

Surina, ertönte erneut eine liebliche feine Stimme, schau aus dem Fenster.

Sie öffnete die Augen, stellte ihre Füße auf den Boden und richtete ihren Blick zum Fenster. Doch was sollte sie sehen, es war alles wie immer. Sie senkte den Kopf und kam sich so hilflos vor.

Surina, mach es dir doch nicht selbst so schwer, hebe deinen Kopf und schaue aus dem Fenster!

Langsam hob sie ihren Kopf und blickte aus dem Fenster. Ein gelber Schmetterling tanzte vergnügt auf und ab. Sie ging Schritt für Schritt, ihre Füße trugen sie kaum und doch wollte sie den Schmetterling beobachten. Dieser zarte Körper, die wundervollen Flügel, sie war wie gefangen, konnte den Blick nicht verändern, so sehr ruhte sie in dem Anblick des Schmetterlings. Es war ein Schauspiel der besonderen Art, er folg höher und höher, bis er hinter einem großen Baum verschwunden war. Sie stand nur da, spürte eine Ruhe und einen Frieden, erfüllt mit einer wohltuenden Wärme die durch ihren Körper strömte.

Das hast du gut gemacht!

Wer hat was gemacht?

Na du, du bist einfach toll!

Was, wer ist toll?

Surina, du bist toll!

Ich?

Ja, du!

Hei, mit wem rede ich denn da, woher kommt diese Stimme?

Du kennst mich schon viele Jahre, oder besser gesagt, du kennst mich schon immer!

Immer?

Ja, ich bin immer bei dir, bin immer da. Nur du ignorierst mich, willst nichts mit mir zu tun haben.

Aber das funktioniert so nicht, wir gehören zusammen, du und ich, für immer und ewig.

Was gehört mit wem zusammen?

Na, du und ich!

Was bedeutet, du und ich?

Du, das bist du Surina und ich bin deine Seele!

Was meine Seele bist du?

Ja!

Eine Seele kann nicht sprechen. Was willst du von mir. Lass mich in Ruhe!

Ich würde dich ja gerne in Ruhe lassen und mit dir friedlich leben, das wünsche ich mir schon so lange. Doch du lässt mir keine andere Wahl. Ich möchte in einem friedlichen Körper wohnen, voller Liebe und Licht. Jedoch bei dir ist es kaum auszuhalten!

Ich verstehe das nicht?

Ganz einfach, dein Karussell im Kopf, ständig bist du am Denken. Dein Herzrasen schüttelt mich von links nach rechts. Ich finde in deinem Körper keine Ruhe.

Aber ich habe immer so viel zu tun!

Ja, du hast immer viel zu tun, mit Max und Sofie, mit Thomas und deinem Job, mit dem Haus und dem Garten. Alles ist dir wichtig nur du und ich sind unwichtig.

Für kurze Zeit war es ganz still im Raum.

Deshalb habe ich dir diese Atemnot geschickt, aber das war zu wenig. Also hab ich nachgelegt und dir noch die Verdauungsstörung ……..

Was du warst das? Ich glaube du spinnst, weist du, ich habe genug zu tun und jetzt soll ich auch noch all diese Krankheiten verkraften?

Surina, ich sah doch keinen anderen Weg, erst musste es dir ganz schlecht gehen, sonst konnte sich doch nichts ändern. Warum seit ihr Menschen nur so kompliziert, ihr benötigt immer erst etwas Negatives, damit ihr zur Besinnung kommt.

Was soll sich denn ändern? Ich bin am Ende, reicht das noch nicht?

Es würde mich freuen, wenn du mit mir zusammen arbeitest. Ich habe viele Tränen geweint, doch jetzt habe ich Hoffnung.

Tränen?

Surina kämpfte mit den Tränen, aber sie wollte tapfer sein, wie immer.

Höre doch endlich auf zu kämpfen. Lass es doch einfach zu, dein Leben.

Surina konnte die Tränen nicht mehr aufhalten, ganz langsam kullerten diese über ihre Wangen.

Weine Surina, weine, hörte sie die Seele sprechen.

Surina bebte und weinte, sie schluchzte und schrie: Warum Ich?
Die Seele wartete geduldig bis alle Tränen versiegt waren und Surina immer ruhiger wurde.

Schau aus dem Fenster!

Sie hob den Kopf und sah den gelben Schmetterling, der vergnügt vor ihrem Fenster tanzte. War das alles nur ein Traum?
Mama, Mama! Max kam über die Terrasse auf seine Mutter zugelaufen. Mama, ich habe ein Tor geschossen! Ich freue mich, Max, zärtlich strich sie ihrem Sohn über seinen Kopf. Ich habe noch Eis, Lust mit mir etwas zu spielen? Eis und spielen, das war genau nach Max Geschmack. Ich hab dich lieb, flüsterte Surina. Ich dich auch, Mama!
Sie blickte auf ihren Sohn, sein blondes Haar, das er von Thomas hatte, schimmerte im Sonnenlicht.

Hast du Lust heute Abend auf Pizza? Papa könnte für uns alle eine mitbringen. Ja, kochst du heute nicht, Max war dies nicht gewohnt. Nein, heute nicht. Sie nahm das Telefon und rief Thomas an.

Hallo Thomas drei mal Schinkenpizza und für dich Salami, passt das? Ich bestell auf achtzehn Uhr und du holst sie bitte beim Ciovanni ab, danke Schatz!

Aufgelegt, Thomas hielt den Hörer in der Hand, war das Surina? Warum kochte sie heute nicht? Was war los? In seinem Kopf ratterte es, ging es ihr so schlecht? Er wollte seiner Frau einen Gefallen tun und stand mit den vier Pizzakartons auf der Terrasse. Der Tisch war schön gedeckt, Surina drückte ihrem Mann einen Kuss auf den Mund und streichelte über seinen Arm. Max grinste als er seine Pizza sah. Sofie ging es nicht schnell genug, sie hatte ja noch eine Verabredung mit Beate.

Thomas sah seine Frau mit großen Augen an, Surina was ist los?

Nichts Thomas, gar nichts.

Am nächsten Tag stand sie am Fenster und suchte den Schmetterling. Er war nirgends zu sehen. Wo bist du? Du hast mir so viel Freude bereitet, zeig dich doch! Traurig ging sie in die Küche.

Auf was wartest du?

Was?

Auf was wartest du Surina?

Es war also doch kein Traum, wieder sprach diese liebliche Stimme zu ihr. Ich wollte den Schmetterling sehen, aber er war nirgends da. Aber sag mal, wo bist du? Ich sehe dich nicht.

Ich bin in deinem Körper, tief in deinem Inneren. Du wartest und wartest, auf was wartest du denn? Seit so vielen Jahren kenne ich dich und du wartest immer und immer wieder. Meinst du vielleicht durch dein Warten verändert sich etwas?

Ja, auf was wartete sie all die Jahre, sie lebte von Tag zu Tag und dachte irgendwann wird es besser.

So funktioniert das Leben nicht, so nicht. Warum lebst du nicht jetzt, warum genießt du nicht diesem Augenblick. Immer hängst du in der Vergangenheit und wenn ich dich dort nicht finde bist du in der Zukunft.

Aber stotterte sie, ich warte doch auf den Schme……

STOP: Surina so geht das nicht, schau einmal aus dem Fenster.

Sie trat ans Küchenfenster und blickte hinaus. Schon suchte sie den gelben Schmetterling.

Was siehst du?

Keinen Schmetterling!

Ja, wenn kein Schmetterling da ist, kannst du auch keinen sehen. Also was siehst du?

Unseren Rasen, der schon längst hätte gemäht werden sollen.

Also was siehst du? Mach ruhig so weiter, so ändert sich nichts, gar nichts. Ich bin so müde, immer deine negativen Gedanken.

Schon rasten ihre Gedanken zur Mülltonne. Ach je, die Mülltonne wird bald geleert, ich muss diese noch schnell hinaus stellen. Sie fasste sich an die Stirn, ich bin so vergesslich, sagte sie zu sich selbst und war verschwunden.

Mir wird es hier langsam zu dumm!

Die Seele war so wütend und so klopfte sie mit aller Gewalt an Surinas Herz, so dass dieses augenblicklich heftig zu schlagen begann. Sie lehnte sich an den Gartenzaun, das Karussell in ihrem Kopf raste mit hoher Geschwindigkeit.

Lege eine Hand auf dein Herz und blicke in den Himmel! Die Seele sprach ganz sanft!

Es ist alles so sinnlos! Sie spürte eine tiefe Sinnlosigkeit. Es gibt keinen Ausweg mehr, ich kann nicht mehr.

Ich glaube wir müssen viel weiter vorne anfangen, als ich gedacht habe. Ich mache dir einen Vorschlag, heute Abend, wenn deine Familie schläft, treffen wir uns beim Kirschbaum und du erzählst mir alles, was dich so belastet.

Ich soll dir von meinen Problemen erzählen? Wahrscheinlich gibt es dich ja gar nicht und ich führe doch Selbstgespräche.

Wie du meinst, du weist es immer besser.

Die Seele versuchte sich zu beruhigen. Doch nun lag es an Surina, den ersten Schritt zu tun.
Thomas sah seine Frau an, geht es dir wieder schlechter? Du siehst gar nicht gut aus.
Geht schon, stammelte sie. Komm doch mit ins Bett. Gehe du schon einmal vor, ich komme gleich nach. Sie ging in die Küche und trank ein Glas Wasser und ging die Treppen hinauf. Noch ein Blick in die Kinderzimmer, alles ruhig. Thomas lag im Bett und schnarchte, wie fast jeden Tag, vor sich hin. Sie setzte sich auf die Bettkante, legte ihren

Kopf in beide Hände und dachte an ihre Seele, den Kirschbaum und an all ihre Probleme.
Was hatte sie zu verlieren, gar nichts, also schlüpfte sie in ihrem Bademantel, rannte nach unten, hinaus in den Garten zum Kirschbaum.
Bist du da? flüsterte sie ganz leise.

Ich bin da. Es freut mich sehr, dass du gekommen bist.

Lange Zeit stand Surina wie angewurzelt an dem Kirschbaum, sie bewegte sich nicht einen Millimeter. Die Seele legte sich gemütlich an Surians Herz und genoss die Stille und Ruhe in ihrem Körper.

So sollte es immer sein, ich liebe diesen Frieden, einfach Stille und ein regelmäßiger Herzschlag, wie schön.

Doch Surina dachte und dachte, ihre Gedanken rasten von dort nach da und zurück, alles lief durcheinander in ihrem Kopf.
Max, Sophie, Thomas ich bin einfach keine gute Mutter und Ehefrau, ich bin doch für alles zu blöd. Schon begann sie zu weinen.
Die Seele lag inzwischen genüsslich und weich und so warm im innersten Selbst und schlummerte vor sich hin. Als Surinas Tränen

versiegt waren, begann die Seele zu sprechen:

Surina ich bin bei dir, möchtest du mit mir sprechen, ich höre dir gerne zu.

Ich hasse mein Leben, finde es so sinnlos. Eigentlich lebe ich nur noch für die Kinder, es wäre unerträglich für mich, meine Kinder in einem Kinderheim zu sehen, deshalb lebe ich so vor mich hin, Tag für Tag und Nacht für Nacht. Meine Kindheit war schon anstrengend genug, mein erster Mann ein Alkoholiker, jetzt meine Familie, obwohl ich diese sehr liebe.
Sie sank auf die Erde, lehnte an dem Baumstamm und lies ihren Tränen freien Lauf.
Ich kann es nicht fassen was hier geschieht, ich spreche mit Jemanden, den es gar nicht gibt. Plötzlich wurde ihr kalt, sie zog die Knie an und umfasste diese mit ihren Armen.
So gerne hätte Surina ein Leben in Anerkennung geführt, doch wer schätzte schon ihre Arbeit, kein Mensch.
Doch langsam wurde sie immer ruhiger und stiller, es tat ihr so gut, über ihr Leben zu sprechen, über ihre Ängste und Sorgen. Sie saß nun ganz still und blickte in den Sternenhimmel. So viele leuchtende Sterne, es funkelte und glitzerte. Zum ersten Mal

betrachtete Surina den Himmel so intensiv und voller Freude.

Ich würde dir gerne ein Taschentuch geben, doch leider hab ich keines. Sind sie nicht wunderschön die Sterne am Himmel, dieses funkeln und glitzern?

Wunderschön ja.
Immer wieder hob Surina ihren Kopf und blickte in den Himmel, hunderte von Sternen und es schien als würden diese nur für Surina leuchten. Sie fühlte sich ruhig und glücklich, eine wunderschöne Erfahrung die sie da machen durfte.
Danke, danke für alles, liebe Seele.
Plötzlich drang die Stimme von Thomas an ihr Ohr:
Surina wo bist du?
Schnell stand sie auf, wischte sich die Erde vom Bademantel weg, so gut es ging und eilte auf Thomas zu.
Da bist du ja, ich habe mir Sorgen gemacht. Was tust du um diese Uhrzeit hier draußen?
Ich konnte nicht schlafen und bin in den Garten und……..
Du zitterst, komm mit ins Bett. Fürsorglich deckte er seine Frau zu und losch das Licht.
Surina lag noch lange wach im Bett, war dies ein Traum, oder war sie wirklich am Kirschbaum?

Als sie am nächsten Morgen die Augen öffnete, sah sie sich im Schlafzimmer um.
Bist du da?

Klar, bin ich da!

Thomas kroch unter ihre Decke, ja sicher bin ich da.
Dich meine ich doch gar nicht, sondern………, mitten im Satz brach sie ab. Sie fühlte sich ertappt wie ein kleines Kind, das etwas angestellt hat.
Wen meinst du denn, Surina? Es ist niemand hier, sag einmal kann es sein, dass du Selbstgespräche führst? Ich weis nicht stammelte sie und schwang ihre Füße aus dem Bett.
Sie war gut gelaunt und doch schämte sie sich, dass Thomas etwas mitbekommen könnte, von ihren heimlichen Gesprächen.
Es schien ein wundervoller Sonntag zu werden, sogar Sofie saß mit am Frühstückstisch.
Als Surina ihre Familie so beobachtete, fühlte sie tiefe Freude, aber auch tiefen Schmerz.
Dieses Wechselbad der Gefühle war kaum auszuhalten.
Surina was hältst du davon? Thomas hatte sie aus ihren Gedanken gerissen.
Was?
Mama sag ja, riefen die Kinder.

Ja, zu was soll ich ja sagen?
Wir fahren mit der Seilbahn auf den Grünberg und wandern zum Laudachsee.
Tolle Idee, Sie sah Thomas an, aber ich kann leider nicht mit, habe noch so viel im Haus zu tun. Morgen wieder arbeiten, da habe ich es mir für heute vorgenommen, den Hausputz.
Mama du kommst mit und schon saß Max auf Surinas Schoß. Sanft strich sie ihm über seinen Kopf, es geht wirklich nicht Max, ich habe keine Zeit. Surina konnte einfach nicht, in einer Gondel fühlte sie sich eingesperrt, doch wie sollte sie dies ihrer Familie beibringen.
So kam es, das Thomas und die Kinder nach dem Mittagessen aufbrachen. Wie immer drückte Max seiner Mutter einen Kuss auf die Wange. Es wurde endlich ruhig im Haus.
Surina holte den Staubsauger und sah sich im Wohnzimmer um, dringend, ja sehr dringend musste sie saugen, in ihren Augen war alles sehr schmutzig.
Also los, ermunterte sie sich selbst und wollte gerade lossaugen, als sie eine ihr inzwischen vertraute Stimme hörte.

Surina, schau aus dem Fenster, hebe deinen Kopf und schau aus dem Fenster.

Sie schaltete den Staubsauger aus, hob den Kopf und sah aus dem Wohnzimmerfenster in ihren Garten.

Was ist los mit dir? Du arbeitest, während sich deine Familie vergnügt. Ich wäre jetzt auch viel lieber auf dem Berg, aber nein du putzt ja lieber. Wann denkst du endlich einmal an dich?

Ich denke an mich, ich kann nicht in diese Gondel einsteigen, alles viel zu eng. Sie saß nun auf einem der Wohnzimmersessel und legte die Füße hoch und begann zu denken. Außer Arbeit, die schaffte sie ganz gut, gab es wenig in ihrem Leben. Sie hatte keine Freunde, traute sich nichts zu und alles nur wegen dieser Angst, wegen dieser verdammt noch mal, so großen Angst. Was war das für ein Leben, ein eingeschränktes Leben, nur um zu arbeiten. Sie fasste sich an ihren Kopf, augenblicklich begann sich das Karussell zu drehen.
Schneller und schneller, ihr Herz raste, ich kann nicht mehr, stammelte sie unter Tränen.

Wie lange erträgst du das schon?

Sehr lange, viele Jahre.

Ich weis.

Was du weist das, woher denn?

Ich lebe doch in dir und meinst du es gefällt mir? Mir ist seit Jahren schlecht, mit deiner Angst schüttelst du mich von rechts nach links, von oben nach unten. Ich fahre seit Jahren Karussell, kannst du dir vorstellen, wie sich das anfühlt? Ich fühle doch genau so wie du.

Es wurde still, diese Stille war für Surina kaum auszuhalten. Doch traute sie sich nichts zu sagen, zu groß war ihre Angst.

Beginne endlich zu leben.

Ich bin an einem Punkt, wo ich nur noch für meine Kinder lebe. Das Leben hat sich schon lange von mir verabschiedet und eine Tür ist hinter mir zugegangen. Schweißnasse Hände, einen hochroten Kopf und ein Herz das so schnell schlug, dass man meinen könnte es explodiert jeden Moment. Sie steigerte sich so sehr in die Situation hinein, immer tiefer und tiefer.
Die Seele wartete geduldig, das bisschen konnte sie auch noch warten, wartete sie doch schon so viele Jahre. Sie hatte ja nur einen Wunsch, in einem friedlichen gemütlichen zuhause zu wohnen.
Surina begann zu flehen, bitte hilf mir, ich kann nicht mehr.

Schön, genau dort wollte ich dich haben.

Was?

Ihr menschlichen Wesen seid sehr komisch. Erst muss es euch ganz schlecht gehen, so richtig schlecht, damit ihr erkennt, so geht es nicht und um Hilfe bittet.

Die Seele begann vor Freude zu hüpfen und zu springen, ein Handstand, ein Saltor!
STOP: Schrie Surina, mir wird schlecht.

Jetzt siehst du, wie es mir all die Jahre ergangen ist. Nur mit einem Unterschied, ich freue mich, jetzt kann das Leben beginnen.

Surina saß in ihrem Sessel und konnte es nicht fassen. War der kleine Kerl in ihrem Inneren völlig durchgedreht?

Jetzt Surina, genau jetzt in diesem Moment, in diesem Augenblick fangen wir zu leben an. JUHU!

Die Seele war so voller Freude und Surina begriff nichts.
Was soll sich denn ändern, ich weis nicht wie ich was ändern soll.

Das wird unsere gemeinsame Aufgabe, Schritt für Schritt begeben wir uns auf einen Weg voller

Freude, Liebe und Glück. Ich bin immer bei dir, also los geht's.

Ja, was muss ich denn tun?

Nichts.

Nichts?

Lass dich überraschen, wir werden viele Höhen und Tiefen erleben, das ist das Spiel auf das du dich einlässt.

Tiefen hatte ich schon genug und welches Spiel?

Das Spiel des Lebens. Es ist nicht immer nur schön, es wird Momente geben, wo du denkst, es geht nicht mehr. Die Kunst ist es, sich aus diesen Tiefen wieder zu befreien.

Das hört sich anstrengend an.

Oh ja, das ist es auch, es ist mit viel Arbeit verbunden. Arbeit an dir selbst, doch es lohnt sich. Wir werden in Tiefen vordringen, von denen du noch keine Ahnung hast, dass es diese gibt. Bist du bereit?

Surina schloss die Augen, war sie bereit, sich auf solch ein Abenteuer einzulassen? Sie hatte Bedenken was auf sie zukam.

Ich kann es fühlen, was du gerade denkst. Was wohl alles auf dich zu kommen mag und ob du diesem gewachsen bist. Lass dir sagen, es wird viel kommen und gehen, ich werde dich führen und bei dir sein. Ich liebe dich Surina!

Sie fühlte eine tiefe innere Wärme, ihr Körper fühlte sich so leicht an. Zum ersten Mal seit langer Zeit fühlte sie sich wirklich glücklich und verstanden.
Ja, rief sie, ja ich will!

Schau aus dem Fenster Surina.

Sie ging zum Fenster, sah zum ersten Mal diese Schönheit, den Zauber, der vor ihrem Fenster begann. Lange Zeit, viele Jahre hatte sie wie durch einen Vorhang alles gesehen und auch nicht gesehen. Jetzt sah sie aus dem Fenster, sah die farbenvolle Natur, hörte den Wind in den Bäumen, sah wie sich die Blätter hin und her bewegten. Es waren so viele schöne Eindrücke auf einmal und ein Lächeln war in ihrem Gesicht zu sehen.

Wow, du lächelst.

Sie Seele war erleichtert, der erste Schritt war getan. Gemütlich schmiegte sie sich an Surinas Herz und träumte von einem glücklichen Leben in diesem schönen Körper.

Surina schaltete den Staubsauger an, beschwingt ging die Arbeit von der Hand und sah immer wieder aus dem Fenster. Alles war so einfach, komisch dachte sie, ich habe doch gar nichts gemacht.

Doch sofort erinnerte sie sich an ihre Seele, die ihr schon so oft gesagt hatte, schau aus dem Fenster. An diesem Nachmittag stand sie immer wieder am Fenster und beobachtete und staunte, was es da alles zu sehen gab. Immer wieder dachte sie an ihre Seele und an ihre Familie.

Sie hatte ja nun große Erwartungen, ob sich diese erfüllten?

Ein Ehemann der zu ihr steht, Max war sehr lieb, das passte schon mal und Sofie, vielleicht ein wenig mehr für die Schule tun und und und. Sofort ging ihr Blick aus dem Fenster, eine tolle Übung, sie fühlte sich gleich besser. Für kurze Momente konnte sie so ihre Ängste und Sorgen vergessen.

Sie hatte sich den Sessel ans Fenster gestellt, machte es sich gemütlich und sah die Blätter, die im Wind tanzten, die Äste schienen ihr zuzuwinken, die starken Baumstämme, deren Wurzeln tief in die Erde reichten, die Sonne strahlte von Himmel und ein paar kleine Wolken zogen am Himmel vorbei. Surina erkannte wie diese sich veränderten. Sie nahm so vieles wahr, es war wie im Traum.

Träumte sie dies alles, es konnte doch nicht sein.
Sie spürte die kleine, für sie jedoch große Veränderung.
Die wehenden Blätter des Kirschbaumes erinnerten sie an das nächtliche Gespräch mit ihrer Seele. Wie sich das anhörte, ich spreche mit meiner Seele. Sie lächelte und lächelte.
Wo bist du liebe Seele? Hallo?
Doch an diesem Tag blieb die Seele stumm, diese genoss die Ruhe im Körper und entspannte sich auf wundervolle Weise.

Es war Montag ein ganz normaler Tag, Surina saß im Reisebüro und sah aus dem Fenster. Das aus dem Fenster sehen, hatte sie in letzter Zeit oft geübt. Ein kleiner Vogel saß auf einem Ast, welch eine Freude, sofort begann sie zu lächeln. Als das Telefon klingelte schrak sie auf und griff automatisch zum Hörer. Ein Kunde der sie voll aus der Fassung brachte, dessen Stimme klang wie die von Surinas Vater, sehr dunkel und bestimmend.
Plötzlich begann ihr Herz zu rasen, bitte nicht, bitte nicht, stammelte sie in Gedanken. Schnell stellte sie das Telefonat an ihre Kollegin durch und lief zur Toilette. Das Karussell begann sich in Bewegung zu setzen und drehte sich schneller und schneller.
Nein, bitte nicht, stammelte sie vor sich hin.

Schau aus dem Fenster!

Surina wusste sofort wer da zu ihr sprach. So sah sie aus dem kleinen Toilettenfenster in den Himmel. Dicke schwarze Regenwolken und schon begann es zu regnen.

Siehst du den wundervollen Regen, wie dieser auf das Fensterbrett prasselt, hörst du das Geräusch der Wassertropfen?

Surina hörte die Wassertropfen plätschern und sah auf das Fensterbrett, auf diesem die Tropfen hüpfen. Sie sah den dunklen Himmel mit den vielen Regenwolken und ihre Angst war weg, einfach weg.
Surina, geht's dir gut? Ihre Arbeitskollegin machte sich schon Sorgen, da Surina so lange der Regen beobachtete.
Ja, mir geht's gut ich komme gleich!
Danke liebe Seele, jetzt habe ich schon so einen kleinen Vorgeschmack, was du meinst mit Höhen und Tiefen und sich aus den Tiefen befreien.

Das ist erst der Anfang, warte mal wie es weitergeht.

Surina fühlte sich einfach gut, sie hatte es geschafft ihre Angst in den Hintergrund zu schieben

Die Seele meditierte und wusste genau, dieser Anfang, den braucht Surina, jedoch so wird es nicht weitergehen, es wird alles ganz anders kommen.

Thomas und die Kinder profitierten natürlich auch von Surinas Gemütszustand. Sogar Sofie stand morgens leichter auf, wenn ihre Mutter gut gelaunt ins Zimmer kam und sie aufweckte. Max war es wichtig beim Fußball Tore zu schießen und er mochte seine Mama einfach, wie sie ist.

Thomas wusste nicht wie er mit Surina umgehen sollte, diese Veränderung gefiel ihm gar nicht. Er wollte die alte Surina zurück.

Surina, hatte begriffen, der Weg ist das Ziel und nicht umgekehrt.

Plötzlich wurde sie von Leuten wahrgenommen, sie kannte dies so noch gar nicht.

Die Nachbarin grüßte sie freundlich, was war da nur los, dachte Surina, ich mach doch gar nichts.

Sie saß im Garten an ihrem Blumenbeet und zupfte das Unkraut.

Hallo, Lust für eine neue Übung? Ich dachte mir du hast die erste Übung lange geübt, was nicht heißen soll, das du dies nicht mehr tun sollst, nur es kommt eine neue Übung dazu.

Ja, welch seltener Gast, meine Seele, ja ich möchte gerne eine neue Übung ausprobieren.

Verweile genau jetzt an diesem Ort, ohne zu arbeiten und ohne irgendetwas zu tun. Verweile einfach da wo du bist, nimm dir diese Auszeit, das ermöglicht dir den nächsten Schritt. Spüre die Erde unter deinen Füßen.

Das ist einfach, nichts tun, Surina musste lachen.
Sie fühlte die Erde unter ihren Füssen und tat einfach nichts, jedoch die Gedanken ratterten und ratterten.
Die Seele spürte dies genau, nur langsam Schritt für Schritt, irgendwann kann Surina die Gedanken beobachten, so lächelte sie vor sich hin, die kleine Seele.
Surina hatte immer mehr Spaß an den Übungen.
Immer wenn sie Angst spürte, schaute sie aus dem Fenster oder spürte die Erde unter ihren Füßen, und war einfach da und tat nichts.
Ja, wenn das so leicht weiter geht, ist das Leben ja ein Kinderspiel.

Es wurde Herbst und die Blätter verfärbten sich in den schönsten Farben, Surina genoss dies besonders. Die bunte Vielfalt, die tanzenden Blätter und die immer kahler

werdenden Bäume, eine Schönheit der Natur. Sie hatte viel geübt und geübt.
Thomas wurde das alles zu viel, eines Tages kam er zu ihr und meinte: Surina so geht es nicht weiter.
Ich mach doch alles genau so wie früher, nur bin ich auf einem anderen Weg als du.
Genau das meine ich, ich möchte die alte Surina zurück oder ich lasse mich scheiden.
Wie vom Blitz getroffen sank Surina auf einen Küchenstuhl. Das ist nicht dein Ernst Thomas.
Oh doch Surina, deine Entscheidung, nur so will ich nicht mehr leben.
Surina war fix und fertig, Scheidung, sie versuchte aus dem Fenster zu schauen, so wie es ihr die Seele gelernt hatte, jedoch ohne Erfolg. Sie konnte nichts spüren, außer ihren Herzschlag.
Thomas und Surina stritten tagelang, Surina wollte dieses neue Leben nicht mehr aufgeben, auch für Thomas nicht. Jedoch Ängste stiegen in ihr auf, was wird aus den Kindern, wie soll ich das alles finanzieren. Es ratterte und ratterte und das Karussell in ihrem Kopf setzte sich in Bewegung.

Hei, was ist denn los, puh, kann man denn nicht mal seine Ruhe haben. Surina schau aus dem Fenster, beobachte und sei einfach da. Surina hörst du mich nicht, hallo, hallo.

Die Seele konnte rufen und schreien und hämmern, es half nichts, Surina war in ihrem alten Trott gefangen.

Ängste kamen und gingen, ebenso ihre Karussellfahrten im Kopf. Es war mal besser und mal schlechter.

Sie ging ihrer Arbeit nach, versuchte sich so gut als möglich um ihre Kinder zu kümmern, putzte und kochte, jedoch sie selbst blieb auf der Strecke. Sie fühlte sich schlapp und träge, ihre Nerven lagen blank. Was wurde nur aus ihrer Ehe, aus den Kindern, aus aus aus …..

Sie hatte oft versucht mit Thomas zu reden, jedoch ohne Erfolg. Thomas blieb stur, er konnte einfach mit der Situation nicht umgehen.

Sie lebten nun einfach nebenher, bis Thomas eines Tages zu ihr sagte: „Surina, ich will nun die Scheidung."

Vor diesem Tag hatte sie sich gefürchtet und immer wieder gehofft, dass dieser Tag nie kommen würde.

Thomas bitte, lass uns reden, ich möchte dich nicht verlieren, aber ich möchte auch mein neues Leben behalten.

Wie oft hatte dies Thomas schon gehört in letzter Zeit, auf der einen Seite konnte er sich ein Leben ohne Surina nicht vorstellen, auf

der anderen Seite konnte er dieses neue Leben, das sie führte nicht akzeptieren.
Schon lange Zeit schliefen sie getrennt, Thomas im Schlafzimmer und Surina im Wohnzimmer. Wie oft hatte sie aus dem Fenster gesehen und einfach nicht mehr dies empfunden, wie vor ein paar Wochen, als alles noch so in Ordnung war.

Ich gebe dir mal einen Tipp, was hältst du von einem Kompromiss?

Und wie sollte dieser Kompromiss aussehen? Es hilft doch alles nichts Thomas ist stur und bleibt stur.

Versuche doch Thomas auch zu verstehen, für ihn ist das Neuland. Er befindet sich zwischen den Welten und kann mit deiner neuen Welt einfach nichts anfangen. Also ich hätte da einen Vorschlag.

Welchen denn?

Gehe auf Thomas zu sage ihm, dass du ihn liebst und gerne bereit bist für einen Kompromiss, aber dass du dein neues Leben auch leben möchtest. Sprecht doch einmal in aller Ruhe darüber und nicht zwischen Tür und Angel.

Surina nahm sich das zu Herzen, denn ihre Ehe war ihr doch wichtig und sie liebte Thomas, das wusste sie ganz genau. Also wartete sie bis die Kinder im Bett waren, kochte einen Tee und machte es sich im Wohnzimmer gemütlich. Wie sollte sie nur Thomas dazu bringen, jetzt zu ihr zu kommen und zu reden. Angst stieg in ihr hoch.

Schau aus dem Fenster und genau jetzt ist der Zeitpunkt für eine Aussprache. Auf was wartest du denn noch?

Surina ging zum Fenster sah in den Himmel, es war ein kalter Januartag. Eiszapfen hingen vom Dach herunter. Der Himmel war dicht bewölkt, keine Sterne zu sehen. Plötzlich spürte Surina eine Wärme in sich, ein Gefühl wie sie es schon oft erlebt hatte.
Sie wusste genau jetzt ist der richtige Moment um mit Thomas zu sprechen. Sie eilte nach oben in das kleine Büro, Thomas saß am Schreibtisch vor seinem Computer.
Thomas ich möchte gerne, dass du ins Wohnzimmer kommst, ich habe Tee gekocht.
Mit großen Augen sah er seine Frau an, ihre Stimme war verändert, klang so lieblich.
Ich komme gleich, einen Moment.
Surina ging inzwischen die Treppen hinab, setzte sich in einen der gemütlichen Sessel, goss zwei Tassen Tee ein und dachte: „Bitte liebe Seele sei bei mir und hilf mir."

Ich bin bei dir, du schaffst das. Sei einfach du selbst und sei ehrlich.

Thomas stand in der Tür. Komm setz dich. Der Tee duftete nach frischen Zitronen und Orangen, dieser Duft erfüllte den ganzen Raum. Thomas nahm neben ihr Platz und wusste so gar nicht, was er sagen sollte.
Thomas, fing Surina an, ich weis die Situation ist für uns beide nicht einfach. Ich liebe dich und möchte mein Leben mit dir teilen. Ich bin ehrlich zu dir, mein neuer Weg ist einfach wunderschön, dass du diesen nicht gehst ist oft sehr schwer für mich, aber ich verstehe dich. Lass uns doch das Beste daraus machen, aber bitte stell mich nicht vor die Wahl, du oder mein neuer Lebensweg.
Thomas saß einfach da und schaute, so hatte er seine Frau noch nie sprechen hören. So bestimmt und doch so zart.
Er nahm einen Schluck von seinem Tee, griff in seine Hosentasche und zog einen Brief heraus, ohne ein Wort zu sagen gab er diesen Surina. Schnell eilte er die Treppe nach oben und rief nach unten: „Surina, ich liebe dich!"
Surina saß da, den Brief in ihren Händen. Ohne sich zu bewegen, fast ohne zu atmen, schloss sie die Augen, hatte sie richtig gehört, er liebt mich? Ein Lächeln huschte über ihr Gesicht. Noch immer hielt sie den Brief in der Hand und ging zum Fenster. Eine eisig kalte

und doch so schöne Nacht. Sie legte den Brief in den Kamin der vor sich hin brannte, dieser war nicht mehr wichtig. Rannte die Treppen hoch, ins kleine Büro und schloss Thomas in die Arme. Ich liebe dich, flüsterte sie in sein Ohr, ich liebe dich.
Ich liebe dich auch Surina, ich gönne dir dein neues Leben von Herzen, obwohl es doch für mich sehr schwer ist. Gemeinsam werden wir das schaffen, gib mir ein bisschen Zeit, vielleicht gehe ich ja auch ein Stück von diesem Weg mit dir.
Surina war so gerührt, sicher gehst du ein Stück des Weges mit mir Thomas, du bist an meiner Seite und ich bin glücklich.
Lange Zeit hielten sie sich einfach nur fest und genossen die Nähe des Anderen.

Welch ein schönes Happy End, denkt ihr euch jetzt, jedoch das Buch ist noch lange nicht zu Ende. Surina erlebt noch viele viele Dinge, an die sie nie gedacht hätte.
Also weiter lesen und vielleicht kann der eine oder andere von Euch davon profitieren und für sich selbst das eine oder andere finden, das dem Leben im Jetzt eine Erfüllung, ja vielleicht sogar eine Erleuchtung schenkt. Oder einfach nur das Leben im Jetzt genießen und einfach da zu sein. Viel Freude beim Weiterlesen.

Zeit für den nächsten Schritt, Surina hörst du mich, ich möchte mit dir üben. Huhu!

Ja, ich höre dich und freue mich sehr dir so nah zu sein. Was wird der nächste Schritt sein?

Also wir fassen einmal zusammen, du hast gelernt Dinge zu beobachten, in angsterfüllten Situationen weist du was zu tun ist. Schau aus dem Fenster, du weist ja noch unsere erste Lektion.
Die Erde spüren und einfach da sein, ohne etwas zu tun. Ich gratuliere dir, bisher hast du toll mitgearbeitet und bist schon gut vorangekommen.

Ja, ich bin auch sehr dankbar dafür, aber es sind immer noch diese Angstzustände da und ...

STOP

Was STOP?

Das wird Schritt drei, wir werden lernen Dinge die nicht so gut laufen, mit einem STOP anzuhalten. Auch Situationen in denen du voller Stress bist, werden wir mit einem STOP einfach anhalten.

Und das soll funktionieren? Einfach ein STOP, da geht doch gar nicht, also dieser Schritt drei, hört sich so komisch an.
Surina war am zweifeln, wie sollte das kleine Wort STOP etwas verändern.

Sie schüttelte den Kopf und immer wieder kam es über ihre Lippen, ein Wort kann nichts verändern.

STOP

Sofort war Surina still, die Seele hatte es geschafft, das Surina sofort aus ihren negativen Gedanken heraus kam. Aber ich weis ja wirklich nicht wie das gehen soll, plapperte sie weiter und weiter.

Die Seele gab nicht auf, das wird ein hartes Stück Arbeit, dachte sie sich, aber das ist es Wert, denn schließlich lebe ich hier und kann ja nicht auswandern. Also rief sie so laut es ging:

STOP

Wieder hielt Surina inne, dieses Wort gefiel ihr. Die Seele gab ihr noch eine genaue Anleitung zum Gebrauch des Wortes.

Also hör gut zu, jedes Mal wenn du negative Gedanken hast, sagst du laut oder leise STOP.
Jedes Mal, wenn du in einer Stresssituation bist, sagst du STOP.
Jedes Mal, wenn dich wer ärgert, sagst du STOP.
Jedes Mal, wenn du dich ungerecht behandelt fühlst, sagst du STOP.

STOP wird dein Begleiter in allen Situationen, die dir missfallen.
Du stehst an einer roten Ampel und hast es eilig und was sagst du?

STOP, kam es von Surinas Lippen.

Bevor du in stressige Situationen kommst benutzt du das Wort STOP.

Und wenn ich es vergesse?

Dann ist es eben so und du benutzt es beim nächsten Mal.

Hört sich einfach an und ich glaube, das kann ich.

Ich werde dich manches Mal erinnern, weil du nicht daran denkst.

Es klingelte und der Postbote stand vor der Türe. Er hatte ein Päckchen für Thomas, seit wann bekommt Thomas ein Päckchen, sofort wurde Surina stutzig.
Sie saß in der Küche und öffnete das Päckchen. Oh je, das sollte sicher ihr Geburtstagsgeschenk sein. Was nun? Kleben hatte keinen Sinn, es verschwinden lassen, wäre unfair, sie überlegte und überlegte, kam auf keine Antwort.

Ihr war ganz schlecht, als Thomas vom Büro nach hause kam. Er gut gelaunt, nahm Surina in den Arm und drückte ihr einen Kuss auf die Wange.
Surina bekam einen hochroten Kopf. Was ist los Schatz? Ist etwas mit den Kindern?
Thomas ein Päckchen ist für dich gekommen und ….
Ach auf das warte ich schon lange, super wo ist es denn?
In der Küche. Thomas eilte zum Küchentisch und fand sein geöffnetes Päckchen, Surina was soll das? Ärgerlich verschwand er nach oben.
Surina versank fast im Erdboden, ihr Herz pochte, ich bin so dumm, ich bin einfach zu dumm. Immer mehr steigerte sie sich in die Situation hinein.

STOP

Was?

STOP

Ach liebe Seele, du bist das, ich hatte ganz mein Zauberwort vergessen. STOP
Surina kam aus der Situation und konnte wieder klar denken ohne sich Vorwürfe zu machen.

Sie ging die Treppen hinauf und fand Thomas im Bad. Ich wollte das nicht, es tut mir leid.
Ist schon ok, ich komm gleich, dann gibt's eine Überraschung.
Bist du nicht mehr sauer?
Nein, kann ja jeden passieren, der erste Moment, ja da dachte ich schon, so ein Mist, aber vergessen.
Surina ging die Treppen hinab, kurze Zeit später kam Thomas mit einem Buch „Jetzt die Kraft der Gegenwart". Surina wusste nicht so recht was sie damit anfangen sollte, bedanke sich und war doch sehr neugierig darauf.

Die Seele war verblüfft, Thomas der nichts mit JETZT und Gegenwart und ein neuer Weg zu tun haben wollte, schenkte Surina dieses Buch. Ein Buch das Surina zwar lesen konnte, doch ob sie etwas dabei verstehen würde, das durfte man abwarten.

Mama, Mama wo bist du?
Max kam heim vom Schlittenfahren, er sah aus wie ein kleiner Schneemann.
Max du bist ja schneeweiß, mein kleiner Schneemann. Ich bin mindestens hundert Mal den Berg runter gefahren. Wow, hundert Mal, super, hast du Hunger?
Ja großen Hunger und Durst.

Surina bereitete das Abendessen zu und Sofie stand auch schon in der Tür. Thomas kam heute erst später, also genoss Surina das Essen mit den Kindern.

Max hatte vergessen seine Mathehausaufgaben zu machen, also durfte er jetzt noch daran arbeiten. Sofie ging in ihr Zimmer und hörte Musik, in einer Lautstärke, das man meinen könnte, das Haus fällt jeden Moment zusammen.

Surina lächelte, wie war sie in diesem Alter, mit einem großen Kassettenrecorder ging sie umher, volle Lautstärke. Sie kam ins Lachen, das waren noch Zeiten. Sie zog immer die weißen Hemden ihres Vaters an, die viel zu groß waren, doch genau das war damals modern. Ihre Mutter schimpfte und schimpfte und doch holte sie sich immer wieder diese Hemden aus dem Schrank und zog sie heimlich an.

Mama, hilf mir doch einmal ich kann diese Rechnung nicht.

Ich komme Max, geduldig rechnete sie mit Max und die Zeit verging.

Als sie abends alleine im Wohnzimmer saß, sah sie aus dem Fenster, wie Recht die Seele doch hatte, ein Blick aus dem Fenster und sie wurde ruhiger und stiller. Sie spürte den Boden unter ihren Füßen, sie beobachtete die Schneeflocken die von Himmel tanzten. Ihr

Leben hatte eine ganz andere Form angenommen, Leben ja was bedeutet das? In diesem Moment fiel ihr das Buch ein, das Thomas ihr geschenkt hatte.
In eine warme Decke gekuschelt saß sie vor dem Kamin und begann zu lesen.

Diesen Titel hatte sie noch nie gehört. Aber Sruina wollte ein paar Zeilen lesen um zu erfahren was es mit diesem Buch auf sich hatte. Mit dem Titel konnte sie nicht viel anfangen.

Die Einleitung wurde gleich übersprungen, warum mit Einleitungen aufhalten, sie wollte das Buch lesen. Also schlug sie Seite fünfundzwanzig auf und begann zu lesen.

Du bist nicht der Verstand so lautet die Überschrift. Aha dachte sie sich, hm was bin ich dann?
Zweite Überschrift, das größte Hindernis auf dem Weg zur Erleuchtung. Was sollte das sein, Erleuchtung, ja auf einem Weg war sie, das wusste sie genau. Sogar auf einem sehr schönen Weg, aber damit konnte sie nichts anfangen.
Also las sie weiter und verstand nichts gar nichts.

Immer wieder legte sie das Buch zur Seite und versuchte doch wieder darin zu lesen.
Schatz hast du eigentlich schon in dem Buch gelesen das ich dir geschenkt habe?
Ja habe ich!
Und?
Ich verstehe es einfach nicht.
Es ist zu kompliziert für mich, keine Ahnung was sich dieser Autor nur dabei gedacht hat.
Das Buch war inzwischen zu Ende gelesen und Surina war nicht schlauer als vorher.
Sie übte fleißig STOP. In allen möglichen Situationen. Ob beim Elternabend in der Schule, wie hasste sie diese Deutschlehrerin, mit ihrem geschminkten Papageiengesicht. Früher wäre sie schon Stunden vorher ausgeflippt nur mit dem Gedanken diese Pute heute Abend wieder sehen zu müssen. Ein STOP holte sie ganz schnell auf den Boden zurück, sie beobachtete und spürte die Erde unter ihren Füssen.
Kompliziert war das Ganze ja schon, auf was man alles so achten sollte, jedoch sie merkte auch, dass es ihr sehr viel brachte. Sie konnte Situationen besser bewältigen und versuchte immer wieder einfach da zu sein.
Einmal stand sie beim Einkaufen in einer langen Schlange an der Kasse. Ein Kunde hinter ihr schimpfte und schimpfte. Surina

dachte sofort, der hätte jetzt dringend ein STOP nötig.
Ihr fielen immer mehr Dinge und Situationen auf, in denen sie das STOP anwandte.

Der Abend war sehr schön, die Kinder waren über Ostern bei den Großeltern und Thomas und sie hatten Zeit füreinander.
Surina versuchte immer wieder Thomas auch auf ihren doch so schönen Weg zu bringen, jedoch ohne Erfolg. Verstehen konnte sie das nicht, es ist doch so schön, aber Thomas wollte einfach nicht.

Surina, das ist dein Weg, nicht der von Thomas. Bleibe doch einmal bei dir, du schweifst immer zu allen Anderen und vergisst, dann wieder dich selbst.

Aber ich meine es doch nur gut.

Ich weis, aber nur weil du auf diesen Weg bist, müssen andere es nicht sein. Also höre auf deine Seele und versuche erst einmal bei dir selbst zu sein und dein Leben zu leben.

Surina war verwirrt, ja meinte die Seele vielleicht, ihr wären alle Menschen egal und nur sie selbst zählte. Ihr waren ihre Mitmenschen sehr wichtig, vielleicht zu wichtig?

Du darfst an dich denken, du bist eine tolle Mutter für Max und Sofie, aber du bist auch ein eigenständiger Mensch. Du bist eine tolle Ehefrau für Thomas und in deiner Arbeit bist du gut, deine Kunden sind sehr zufrieden mit dir. Das alles passt auch so, nur du darfst dich nicht vergessen, du bist wichtig.

Ach ich bin doch nicht wichtig, ich bin Mutter, Hausfrau und Angestellte und ich übe bereits den dritten Schritt, den du mir beigebracht hast, aber wichtig bin ich nicht.

STOP

STOP?

Ja STOP, wir werden jetzt weiterüben, Schritt für Schritt. Du bist wichtig. Spreche mir nach: Ich bin wichtig!

Ich komme mir richtig bescheuert vor, weil ich es ja gar nicht bin.

STOP versuche einmal zu sagen, ich bin wichtig.

Surina kam sich so doof vor, mit zitternder Stimme brachte sie hervor. Ich bin …… ich kann das nicht.

Oh doch du kannst das, du bist ein wundervolles Wesen auf dieser Erde, ich bin wichtig!

Ich bin wichtig: Surina fühlte sich einfach schlecht, weil sie sich ja gar nicht wichtig vorkam.
Ihr waren Max und Sofie wichtig, ihre Arbeit und das Haus in dem sie wohnten. Thomas war ihr wichtig, aber sie selbst. Nein, ich bin mir überhaupt nicht wichtig, obwohl ich ein schönes Leben habe. Wir haben genug zu Essen, zwei Autos, die Wünsche der Kinder werden so gut es geht erfüllt, Thomas verdient sehr gut. Aber ich selbst habe keine Wünsche, Hauptsache meiner Familie geht es gut.

Deshalb wird es Zeit auch einmal an dich zu denken.

Sag mal, wie weist du eigentlich, was ich denke?

Ich bin doch ein Teil von dir, also mit dir verbunden, deshalb weis ich genau Bescheid, was in dir vorgeht.

Komisch für mich, immer dich dabei zu haben. Jedoch auch ein sehr schönes Gefühl, immer Jemanden an meiner Seite zu haben.

Danke liebe Surina. Jetzt versuche es noch mal, ich bin wichtig.

Ich bin wichtig.

Was fühlst du dabei, wenn du die Worte aussprichst?

Was soll ich da fühlen? Nichts!

Spür einmal in dich hinein, was fühlst du während du diese Worte sprichst.

Ich bin wichtig! Ich fühle einfach nichts, gar nichts.
Ich werde diesen Weg nie schaffen, viel zu steinig und schwer.

STOP, klar schaffst du das, wenn du mit diesem negativen Geplappere endlich aufhörst und dir etwas zutraust. Ich bin wichtig.

Aber ....

Nichts aber, versuch es doch wenigstens einmal, du bist echt stur, sturer als ich gedacht habe.

Ich bin nicht stur, ich bin wichtig.
Surina versuchte es, etwas zu fühlen, doch die Seele wusste ganz genau, dass es so nicht funktionieren würde Etwas zu fühlen kommt von ganz tief Innen, nicht von belanglosen Worten, die einfach so dahin gesagt werden.

Die Seele machte es sich gemütlich, wie auf Wolken, seufzte und begann sich zu entspannen. Wenigstens hatten diese Karussellfahrten ein Ende.

Sofie kam weinend nach Hause, schlug die Tür zu und verschwand in ihrem Zimmer.
Sofie was ist denn los?
Surina ging nach oben in Sofies Zimmer und fand ihre Tochter weinend auf ihrem Bett. Zärtlich strich sie ihr über den Kopf, Sofie was ist denn geschehen?
Sie schluchzte immer mehr und mehr.
Beate ist so eine dumme Nuss, nie wieder treffe ich mich mit ihr.
Aber wieso denn?
Sie hat, mitten im Satz verstummte sie, wie sollte sie ihrer Mutter beibringen was geschehen war.
Ach gar nichts.
Sofie, wenn du reden möchtest ich bin unten, ich glaube ich lasse dich ein bisschen allein.
Surina spürte, das es sich hier um mehr handelte, als nur um die üblichen Streitereien unter Kindern.

Ich gratuliere dir, hast gut gemacht. Dachte nicht, dass du schon so weit bist.

Was?

Na das eben mit Sofie, hast du gut gelöst, bin stolz auf dich.

Als Surina so nachdachte, fiel ihr auf, ja sie hatte ganz anders reagiert, als noch vor ein paar Wochen, da hätte sie keine Ruhe gegeben, bis Sophie mit der Sprache herausgerückt wäre. Trotzdem hingen ihre Gedanken bei Sofie, was war nur geschehen? Plötzlich stand ihre Tochter neben ihr, die Beate ist so gemein, sie hat mit Klaus ein Eis gegessen, dabei wollte doch……
Pst…, ich weis was du sagen willst, du wolltest mit Klaus ein Eis essen, stimmts?
Ja, woher weist du das?
Tja auch ich war einmal jung. Ich mach uns jetzt eine große Tasse Schokolade und du erzählst mir alles, wenn du magst.
So hatte Sophie ihre Mutter noch nie reden hören, sie dachte es gäbe wieder großes Theater.
Gemütlich bei einer Tasse Schokolade und dem selbstgebackenen Schokoladenkuchen, saßen Mutter und Tochter in der Küche.
Surnia wartete bis Sofie zu sprechen begann.
Sofie erzählte und erzählte.
Surina huschte ein Lächeln über ihr Gesicht, genau diese Situationen, hatte sie auch in ihrer Jugend erlebt.
Sofie lag in den Armen ihrer Mutter, das war lange nicht mehr der Fall gewesen.

Wie schön doch das Leben war, die Seele hatte Recht, ein Leben mit Höhen und Tiefen.
Abends als Surina neben Thomas lag, streichelte sie seinen Arm und flüsterte: „Thomas, was für ein schönes Leben und das ich es so erleben darf."
Die Zeit verging und es wurde Sommer, die Sonne lachte vom strahlend blauen Himmel, ein gelber Schmetterling saß auf einer der Rosen, die Surina so liebte.
Surina übte und übte, was ihr die Seele so beigebracht hatte und doch dauerte ihr das alles viel zu lange. Wann war sie endlich am Ziel?

Ziel, welches Ziel denn, es gibt kein Ziel. Der Weg ist das Ziel.

Was es gibt kein Ziel, für was rackere ich mich dann so ab, mit beobachten und und und?

Für dich und mich, damit wir ruhig leben können, eines kann ich dir sagen, du wirst noch viel erleben, sehr viel.

Was denn?

Das behalte ich für mich, denn sonst wärst du komplett überfordert und das bringt nichts.

Surina sagte nichts mehr, es kam ihr schon komisch vor, dieses Spiel des Lebens mit Höhen und Tiefen und einer Seele die in ihr wohnte und ihr weise Ratschläge gab. Aber was sollte es bringen, weiter nachzufragen, die Seele würde sowieso nichts sagen und so wartete Surina und wartete, irgendwann würde sich die Seele schon wieder melden.

Sie gönnte sich immer mehr Pausen nur für sich selbst, lag im Liegestuhl mit dem Buch, das ihr Thomas geschenkt hatte und las. Für was lese ich, wenn ich doch nichts verstehe, eigenartiges Buch, was sich Thomas damals nur gedacht hatte, als er es mir schenkte?

Nach 3 Seiten legte sie es aus der Hand und schloss ihre Augen, ich bin wichtig, sagte sie sich gedanklich immer wieder.

Ich bin wichtig.

Plötzlich spürte sie eine große Freude und Ruhe in sich.

Ich bin wichtig.

Es war so still, ganz anders als sonst.

Sie schaute in den Himmel, sah die kleinen Wolken vorbei ziehen und begann diese zu beobachten. Ich bin wichtig.

Solch ein Gefühl hatte Surina noch nie erlebt, so schön und doch so einfach.

Sie wurde sich selbst immer wichtiger und begann diese Worte immer wieder vor sich hinzusagen.

Siehst du, es geht doch. Bin stolz auf dich liebe Surina.

Danke liebe Seele, dass es dich gibt und dass du mir so viel hilfst.

Ich fühle du bist jetzt soweit, dass wir mit dem nächsten Schritt beginnen können. Schau in den Spiegel und sage: Ich liebe mich.

Ach, das ist ja einfach, sofort lief Surina zum Spiegel, doch was sie dort erblickte, war sie das, war das Surina? Sofort wandte sie ihr Gesicht ab. Das bin nicht ich.

Doch das bist du, du bist wunderschön, du bist genau so wie du bist, einfach du. Versuche es noch mal Surina.

Nochmals trat sie vor den Spiegel, ich liebe mich. Oh man bin ich dick, diese Fettpolster, igitt. Diese Falten im Gesicht, das geht gar nicht. Ich kann mich nicht lieben, sehe ja furchtbar aus.
Sie dachte an ihre Seele die ihr bestimmt jetzt zuschaute und sie beobachtete. Surina wollte ihr eine Freude machen und schaute noch einmal in den Spiegel, ich liebe mich. Bist du zufrieden? Hallo ich rede mit dir!

Nein, bin ich nicht. Du machst das nicht für mich, sondern für dich. Außerdem lass ich mich von dir nicht so anschreien. Mir reicht es, deine Zickerei und dein Getue. Aber mach ruhig weiter so, ich bin es ja gewöhnt, all die Jahre habe ich es ertragen, also halte ich schon noch ein Weilchen durch. Und jetzt lass mich in Ruhe, ich bin müde.

Surina war gar nicht gut, sie schämte sich, hatte sie es doch gar nicht so böse gemeint. Jedoch die Seele hatte ja Recht, so viel hatte sie ihr schon geholfen und sie war nie zufrieden, oder besser gesagt sehr selten.
Es tut mir leid, hörst du mich?
Aber an diesem Tag kam keine Antwort mehr, die Seele schlief tief und fest und träumte von einem schönen Leben in einem wunderschönen ruhigen Körper.

Surina lag lange Zeit wach im Bett und dachte nach. Über ihre Beziehung zu ihrer Seele, wie es sich anhörte, eine Beziehung zur Seele. Vor noch gar nicht so langer Zeit hätte sie gar nicht gedacht, dass man mit einer Seele sprechen kann und jetzt erfuhr sie es selbst.
Warum bin ich nur so?
So dumm, liebe Seele es tut mir leid. Jetzt sag doch was, ich weis, dass du mich hörst. Irgendwann war Surina eingeschlafen und träumte von früher, von Thomas und der Flasche Wein, die sie vergessen hatte kalt zu stellen. Warum nur beschäftigten sie solche Dinge so sehr, die doch längst Vergangenheit

waren. Anstatt im Jetzt zu leben, ging sie immer wieder in die Vergangenheit und dachte, die Zukunft kann nur besser werden.
Als am nächsten Morgen der Wecker klingelte, regnete es in Strömen. Schnell kroch sie aus dem Bett, wie jeden Morgen um das Frühstück zuzubereiten. Vorher schnell ins Bad, im Spiegel sah sie sich selbst und entdeckte eine Frau mit Falten, die etwas mollig war. Ich liebe mich, flüsterte sie ganz leise. Es wurde immer lauter und lauter. Ich liebe mich, ich liebe mich, ich liebe mich.
Surina was ist los, Thomas kam ins Bad gerannt, hast du dir wehgetan?
Ich liebe mich, Thomas.
Ich habe Falten im Gesicht, aber ich liebe mich.
Ich habe dir doch schon immer gesagt, dass es vollkommen egal ist, ob du ein paar Fältchen hast oder nicht.
Ich bin auch etwas mollig, besonders um die Hüften und Oberschenkel, aber ich liebe mich.
Ach Surina, ich liebe deine Oberschenkel und deine Hüften, genau so wie sie sind.
Thomas ich wollte dir immer gefallen und dachte, ich bin viel zu dick. Wie oft habe ich mich gehasst dafür, dass ich nicht perfekt bin.
Für mich bist du perfekt, Surina. Ich mag dich genau so wie du bist.

Surina fiel in seine Arme und begann zu weinen.
Ich liebe dich mein Schatz, du bist wunderschön.

Puh, das hat ja wieder gedauert, brauchst du immer so lange um etwas in die Tat umzusetzen? Ich habe ja nicht ewig Zeit, hier auf Erden zu sein.

Was meinst du? Habe ich richtig gehört, du hast nicht ewig Zeit, wie meinst du das?

Ach, das spielt jetzt keine Rolle. Du brauchst zwar etwas länger, aber du machst es sehr gut und setzt meine Ratschläge um. Cool finde ich, für mich wird es immer einfacher, bei dir zu wohnen. Aber ich habe noch eine Bitte Surina.

Welche denn?

Bitte vergiss die Schritte nicht, die wir bisher geübt haben. Du darfst sie immer wieder wiederholen und üben.

Oh ich hoffe dabei nichts zu vergessen. Also beobachten, aus dem Fenster schauen, ich bin wichtig, ich liebe mich. Ich glaube das war alles, oder?

Immer wenn du an einem Spiegel vorbei gehst, schaust du hinein und lächelst dich an. Schenke dir selbst ein Lächeln.

Das ist jetzt aber echt einfach, schau einmal.
Schon war Surina beim Spiegel und schenkte sich ein Lächeln. Siehst du wie einfach.

Du kleine Angeberin, aber ich glaube, ja das ist sehr einfach für dich, also üben, üben, üben.

Überall wo Surina einen Spiegel fand, sah sie sich an und lächelte. Sie fand sich immer schöner und wurde dadurch auch immer selbstbewusster.
Die Karussellfahrten waren vergessen und tauchten auch nicht mehr auf. Nur ihre Angst war immer noch da. Angst vor allen möglichen Situationen. Jedoch sie war so glücklich, über ihre Fortschritte, dass sie gar nicht mehr so oft an ihre Angst dachte und diese auch nicht mehr so oft spürte.
Ihr Herz raste nur noch selten und oft spürte sie einen normalen ruhigen Herzschlag.
Also kam sie auf die Idee, man könnte doch einmal etwas ausprobieren, was bisher nicht möglich war. Die Kinder waren bei Thomas Mutter übers Wochenende. Zug fahren, das wäre was. Bisher hatte sie immer solch ein Engegefühl, egal ob in einem Zug, in einer Gondel oder in Räumen mit vielen Menschen.
Gesagt getan.
Surina schaltete den PC ein, sie begann nach Zugverbindungen zu suchen. Schon hatte sie eine Idee. Thomas und ich fahren nach Wien,

ich überrasche ihn einfach, wir machen uns ein schönes Wochenende. Auf den Prater oder vielleicht auf dem Naschmarkt. Sie war so voller Elan und schmiedete Pläne. Ihr ging es so gut wie nie.
Strahlend erzählte sie Thomas am Abend was sie vorhatte.
Dieser war skeptisch, Surina bist du schon so weit? Ich weis nicht, nicht dass es dir wieder schlechter geht.
Ich bin so weit ja sicher, mir geht es super.

Meinst du es ist sinnvoll, nach Wien zu fahren?

Ja ist es, ich bin ohne Angst und kann tun und lassen was ich will.

Wie du meinst.

Du bist ja immer bei mir, was soll da schief gehen?
Ja, die Seele sollte wieder herhalten, wie in allen Lebenslagen, oder wenn Surina nicht mehr weiter wusste, fragte sie die Seele. Das war sehr anstrengend, auch eine Seele benötigt ihre Ruhe und vor allem die Stille.
Der Samstag kam immer näher, die Kinder waren bereits bei der Oma und Surina wurde immer unruhiger.
Ihr Herz pochte heftig, jedoch sie wollte das unbedingt durchziehen. Außerdem wie stünde

sie vor Thomas da, wenn sie jetzt einen Rückzieher machte. Auf gar keinen Fall, nur nichts anmerken lassen.
Es war Samstag früh, Surina wusste nicht was sie tun sollte, das war zu viel für sie. Der schnelle Herzschlag, diese Unruhe, die sie spürte, wie sollte sie das nur schaffen. Hei du musst mir helfen, ich brauche dich.

Meinst du mich?

Ja, wen denn sonst. Ich brauche deine Hilfe. Ich möchte doch so gerne nach Wien und kann einfach nicht. Hilf mir bitte, was würde Thomas sagen, wenn ich sage ich habe Angst, das geht auf gar keinen Fall.

Da kann ich dir leider auch nicht helfen Surina. Ich habe es dir doch schon gesagt, das ist zu früh für dich. Das darfst du jetzt selbst entscheiden, fahren oder nicht fahren.

Was du lässt mich im Stich, du bist gemein.
Das kannte die Seele schon, wenn es nicht gleich so lief, wie es sich die Menschen vorstellten, waren die Seelen gemein.
Unter großen Angstzuständen fuhr Surina nach Wien und hoffte bald wieder zu Hause zu sein. Thomas bemühte sich so, seiner Frau jeden Wunsch von den Augen abzulesen, Surina spielte die gerührte Ehefrau, der es so

sehr gefiel. Insgeheim hoffte sie, dass dieser Alptraum endlich zu Ende sei. Sie wollte einfach nur zu Hause im Bett liegen, die Augen schließen und an nichts mehr denken. Aber es stand noch die Heimfahrt bevor, über zwei Stunden mit dem Zug. Ihr blieb nichts anderes übrig, als durchzuhalten und das Beste daraus zu machen.
Schatz geht es dir gut?
Ja, mir geht es blendend.
Wie sah es in ihr aus, wie auf einem Schlachtfeld, alles durcheinander, wie ein Sturm der in ihrem Körper wütete. Sturm wäre da ja noch untertrieben, ein Orkan wütete in ihr. Es blitzte und donnerte, hagelte und sie meinte jeden Moment ohnmächtig zu werden.
Sie überspielte ihre Ängste wie immer mit viel Gerede und lautem Lachen.
Der Seele wurde ganz schlecht, sie war ja direkt vor Ort. Blitz und Donner, Sturm, Orkan, sie wurde von rechts nach links geschleudert.

Hilfe, jetzt hör doch auf. Ich kann nicht mehr mir ist schlecht.

Surina hörte nichts, sie war in ihrem Ablenkungsmanöver, das wie immer sehr gut klappte.
Endlich um zwanzig Uhr waren sie zu Hause, Surina ging es besser, die gewohnte Umgebung, ihr Haus, die Mauern, die

schützenden Wände. Sie atmete erleichtert durch, danke dass ich wieder zu Hause bin.

Hab ich es dir nicht gesagt, es ist viel zu früh, für solche Unternehmungen. Wenn es dir schlecht geht, geht es mir ja auch schlecht, hast du schon einmal daran gedacht? Vielleicht hörst du das nächste Mal auf mich.

Surina hörte die Seele, war jedoch zu erschöpft um zu antworten. Sie lag lange Zeit wach im Bett und konnte es nicht glauben. Die Seele hatte wieder einmal Recht, nur wie lange sollte sie denn noch warten. War sie zu ungeduldig?

Am Sonntag fuhren sie zu Thomas Mutter um die Kinder zu holen. Max wollte unbedingt bei der Oma bleiben, denn die Hasenbabys waren ja so süß. Sofie wollte so schnell wie möglich los fahren, Beate wartete schon ewig auf sie, ich will doch mit Beate noch zum Pizzaessen gehen, können wir jetzt fahren?
Wir trinken noch Kaffee, sagte Thomas, dann fahren wir gleich los, inzwischen kannst du noch zu den Hasenbabys gehen Max, wenn du möchtest.
Das lies sich Max nicht zweimal sagen und schon war er verschwunden.
Surina hatte den ganzen Tag nichts von ihrer Seele gehört, ging es ihr nicht gut?

Sie machte sich Sorgen, was wenn es ihrer Seele richtig schlecht ging und sie Hilfe brauchte, doch wie sollte man einer Seele helfen?
Hei geht es dir gut, flüsterte sie.
Nichts, keine Reaktion. Huhu bist du wach?

Bei dem Krach den du machst, muss ich ja wach sein, geht es auch ein bisschen leiser?

Juhu du lebst!

Ja ich lebe.

Die Seele schüttelte sich vor lachen, so einen Schwachsinn hatte sie noch nie gehört.

Ich lebe immer, ich kenne keinen Tod.

Jeder stirbt irgendwann, das ist doch klar.

Jede Form ist vergänglich, das stimmt schon, aber .....

Die Seele brach mitten im Sprechen ab, Surina würde es nicht verstehen, also warum sollte sie jetzt ausführlich, über Tod und Leben sprechen. Sie kuschelte sich gemütlich wie die letzte Zeit schon sehr oft, an Surinas Herz. Spürte den Herzschlag, spürte die Ruhe, die Stille. Es war sehr angenehm in diesem

Körper zu wohnen, obwohl dieser oft, so heftig bebte, wie nach einem Sturm.
Jedoch genau jetzt war alles ruhig, das nutzte die Seele und genoss den warmen ruhigen Ort.

Surina übte und übte und fand immer mehr Gefallen an ihrem Leben. Das Üben war zwar sehr anstrengend, aber es lohnte sich, sie machte Fortschritte und genoss es auf dieser Erde zu sein.

Inzwischen liebte sie sich, auch mit Falten oder einem Speckröllchen auf der Hüfte. Es war ganz egal, sie fand sich einfach schön, so wie sie war.

Es war ein Sommer wie im Bilderbuch, alles blühte. Die Blumen im Garten, leuchteten in allen Farben. Auch die Bäume schienen in helles strahlendes Licht getaucht zu sein. Surina sah alles mit ganz anderen Augen, der Vorhang war schon lange gefallen und so konnte sie dies alles genießen.

Guten Morgen, Lust auf den nächsten Schritt?

Guten Morgen, liebe Seele, ich weis nicht.

Auf was möchtest du denn warten?

Ich glaube ich bin noch nicht so weit.

Du und deine klugen Sprüche. Du bist schon lange so weit, ich habe dir so viel Zeit gelassen, doch jetzt beginnen wir mit etwas Neuem. Oder meinst du vielleicht, ich warte hier ewig?

Nein, das meine ich nicht, aber, ich habe Angst, es klappt nicht, ich kann es nicht.

Das Ego der Menschen, ihr seit so Kopf gesteuert, probieren das ist es. Du hast es noch nicht einmal versucht und redest schon so negativ. Sei doch einmal positiv und jetzt keine Widerrede, ich erkläre dir nun den nächsten Schritt.

Mama ich gehe ins Fußballtraining, wo sind meine Fußballschuhe?
Ja dort wo du sie das letzte Mal hingestellt hast.
Mama ich finde sie nicht!
Max schrie, als ob die Welt untergehen würde.
Ich muss ins Training, bin schon spät dran.
Ich komme.
Surina fand seine Fußballschuhe in der Garage im letzten Eck, wer die wohl da hinten hinein geschleudert hatte?
Max war zufrieden und rannte los.
Pass auf die Autos auf. Doch Max hörte nichts mehr, schon war er um die Ecke geflitzt.
Puh, diese Kinder. Surina dachte an ihre Kindheit, die doch so ganz anders war.

Ihre Eltern hatten kein Geld, es gab oft Kartoffeln zu essen und......

Jetzt bist du aber weit weg von jetzigen Leben. Lass die Vergangenheit jetzt mal einfach los und bleib hier bei mir im JETZT.

Ich verstehe nur Bahnhof, was meinst du?

Der nächste Schritt liebe Surina, wird der sein, im JETZT zu sein, einfach da zu sein.

Und für was ist das gut?

Ach da könnte ich jetzt erklären und erklären und du würdest es so wie so nicht verstehen, das brauchst du auch gar nicht.
Es ist ganz einfach und doch so schwer.
Wir fangen ganz leicht an und werden uns steigern und steigern.

Wie du meinst!
Surina verstand nichts. Jetzt und einfach und da, sie dachte nur, die Seele hatte ihr so oft geholfen und das ziemlich gut, also warum sollte es dieses Mal anders sein.
So lies sie sich auf das Experiment JETZT ein.

Wir beginnen ganz einfach, also ich glaube du hast jetzt Durst und möchtest ein Glas Wasser trinken.

Da hast du Recht, ich bin wirklich durstig.
Schon rannte Surina zum Wasserhahn in der Küche und trank das Glas Wasser.
Fertig!

Oh je, doch nicht so. Ihr Menschen seid so gierig, alles muss schnell gehen, damit man gleich wieder etwas anderes tun kann.
Also jetzt noch mal und das Ganze bewusst und im Jetzt.

Ja, ok und wie soll das gehen?

Du gehst jetzt ganz langsam Schritt für Schritt in die Küche, bei jedem Schritt spürst du den Boden unter deinen Füßen. Du setzt deine Füße ganz bewusst auf den Boden. Fühle, ist der Boden kalt oder warm. Jetzt versuche es einmal, ganz langsam.

Surina, ging langsam in die Küche, Schritt für Schritt und dachte, so werde ich nie fertig mit meiner Hausarbeit.

Warum denkst du an deine Aufgaben im Haushalt? Du solltest viel mehr versuchen bewusst zu sein.

Surina, ging noch mal ins Wohnzimmer zurück und versuchte der Seele eine Freude zu bereiten und ging Schritt für Schritt, sie fühlte den kalten Fliesenboden in der Küche unter ihren nackten Füßen. Und sie dachte ein paar Sekunden nichts, fühlte nur jeden Schritt.

Das fühlt sich für mich so gut an, toll gemacht.

Warum für dich, ich bin doch auf dem Boden gegangen.

Und ich spüre es tief in deinem Inneren.

Surina verstand nichts, auch egal dachte sie sich, Hauptsache sie konnte ihrer Seele auch einmal eine Freude bereiten.

Das mit dem Wasser trinken, lassen wir für heute. Versuche immer wenn du gehst, egal wohin, jeden Schritt zu spüren. Ist der Untergrund weich oder hart, kalt oder warm, entstehen beim Gehen Geräusche oder ist es ganz still?

Ja, ich versuche es.
Es klingelte an der Haustüre und alles war wie weggeblasen.
Surina eilte schnellen Schrittes und vor der Türe stand die Nachbarin, die um ein paar Eier bat, da sie keine zu Hause hatte. Surina flitzte in die Speisekammer, holte 5 Eier, flitzte zurück und schon war die Nachbarin wieder verschwunden.

Hast du nicht was vergessen?

Nein, was sollte ich vergessen haben?
Die Seele stellte sich auf den Kopf und stieß die Füße gegen Surinas Lunge. Es war nicht einfach mit den Menschen.
Surina musste heftig husten.
Hoffentlich werde ich nicht krank, solche Gedanken gingen in ihrem Kopf umher.
Surina hatte einen Hustenanfall wie noch nie.
Ich bekomm keine Luft mehr, hilf mir!

Schon gut, hab verstanden.

Die Seele setzte sich in Surinas Bauch, da war es gemütlich und relativ ruhig. Sofort hörte Surina mit dem Husten auf.

Ich glaube liebe Surina, wir fangen weiter vorne an. Das Bewusstsein trägt jeder Mensch in sich, nur es darf auch erkannt werden, dass es da ist. Da bist du noch sehr weit davon entfernt. Also lass mich kurz überlegen.

Surina, wurde es einfach zu dumm. Die Seele wollte überlegen, ja was gab es denn da zu überlegen. Anstatt zu helfen, überlegte ihre Seele.

Schatz, wo bist du? Thomas kam von der Arbeit nach Hause und war sehr gut gelaunt. Ich habe eine Gehaltserhöhung bekommen,

was hältst du davon, wenn du in Zukunft zu Hause bleibst und nicht mehr arbeiten gehst?
Surina dachte sie höre nicht richtig.
Meinst du das im Ernst?
Ja, wir kommen mit meinem Gehalt locker aus und du hättest mehr Zeit für die Kinder und das Haus.
Gesagt getan, am nächsten Tag legte Surina ihrem Chef die Kündigung auf den Schreibtisch. Dieser war nicht sehr erfreut, doch in diesem Moment dachte Surina einmal nur an sich selbst.
Sie könnte viel mehr üben mit ihrer Seele und vielleicht kam sie dann schneller voran.
Sie könnte noch ein Gemüsebeet anlegen, das sie sich schon so lange wünschte. Ihr fiel so viel ein, was sie alles tun könnte.

STOP, jetzt aber einmal ganz langsam. Ich dachte mir du denkst einmal an dich und schon schmiedest du Pläne von allem Möglichen. Wir werden viel Zeit haben und üben, das Gemüsebeet kann warten und die anderen Dinge auch. Das du mehr Zeit für deine Kinder hast, finde ich gut und ich glaube da werden sie sich auch freuen, zumindest Max. Sofie wie ich weis, die ist nur noch unterwegs, ist es nicht so Surina?

Ja, Sofie ist nur noch unterwegs und kaum zu Hause, aber Max freut sich sicher, wenn ich mehr Zeit für ihn habe.

Nach vier Wochen war nun endlich Surinas letzter Arbeitstag. Sie fuhr nach Hause und wusste jetzt beginnt wieder ein neuer Lebensabschnitt. Auf der einen Seite freute sie sich sehr, auf der anderen Seite war ihr mulmig zumute, was kam alles auf sie zu?

Zieh deine Turnschuhe an, wir gehen heute in den Wald.

Ich wollte aber gerade den Rasen mähen.

Das kannst du später immer noch, jetzt komm schon, ich habe etwas wunder Schönes mit dir vor.

Das kannte Surina und ihr wurde heiß und kalt gleichzeitig. Sie freute sich, mit der Seele etwas zu unternehmen und doch wusste sie nicht was auf sie zukam.
Sofort begann ihr Herz zu rasen.

Warum regst du dich so auf? Atme ganz ruhig ein und aus.

Für dich ist das ja einfach, du hast gut reden, aber ich kann das nicht so einfach.

Ja, ja bla, bla. Jetzt komm schon, wir gehen ein kleines Stück.

Surina zog ihre Turnschuhe an und marschierte Richtung Wald. Über einen kleinen Feldweg, der direkt vor ihrer Haustüre vorbei führte.

STOP, jetzt werden wir das bewusste Gehen üben. Setze deinen Fuß auf die Erde und spüre den Untergrund. Jetzt den anderen, atmen nicht vergessen.

Auf was ich alles achten soll, atmen, fühlen, gehen, ich bin doch kein Roboter.

Sei doch einmal still und atme, gehe und fühle.

Surina ging ganz langsam Schritt für Schritt, sie fühlte die Erde unter ihren Füßen, Sie fühlte ihren Atem. Ein neues Gefühl, das sie bisher so nicht gekannt hatte, breitete sich in ihr aus.
Nach kurzer Zeit hatte sie den Waldrand erreicht. Die Sonne schien, ein strahlend blauer Himmel legte sich beschützend über sie.
Eine Amsel sang ihr schönstes Lied.

Komm setz dich auf den Baumstamm da vorne rechts.

Surina ging bewusst auf den Baumstamm zu und setzte sich. Ein Eichhörnchen sprang von

Ast zu Ast. Es war wunderbar ruhig hier im Wald und doch so voller Leben.

Sei ganz ruhig und werde still. Erkenne die Schönheit der Natur, die Schönheit des Waldes. Dieses Erkennen ermöglicht dir den nächsten Schritt.

Wie meistens verstand Surina nichts, aber es war ihr egal. Sie genoss die frische Waldluft, sah Ameisen umher krabbeln und entdecke immer mehr und mehr. Eine kleine Wolke zog am Himmel vorbei.

Schließe deine Augen und lausche, höre was dir der Wald erzählen möchte.

Typisch Seele, dachte Surina, als ob der Wald etwas sagen könnte.
Sie schloss ihre Augen und ein Lächeln huschte über ihr Gesicht. Sie hörte ganz leise den Wind in den Bäumen, die Blätter raschelten so vor sich hin. Sie hörte eine Biene summen und die Vögel singen. Ein Ast krackste und plötzlich hörte sie das Geräusch eines Fliegers.
So saß Surina lange Zeit und hörte der Natur zu.

Öffne jetzt bitte ganz langsam deine Augen und konzentriere dich nur auf das Sehen, was siehst du?

Surina öffnete langsam ihre Augen und sah kräftige Baumstämme, Äste und Blätter die im Wind tanzten. Sie sah Vögel und einen Kondensstreifen am Himmel. Sie sah den kleinen Feldweg, der sie in den Wald führte. Ein Schmetterling, ein gelber, Surina erinnerte sich an den Schmetterling, den sie damals von ihrem Küchenfenster aus gesehen hatte. Noch nie hatte sie diese Farbenpracht der Natur so gesehen.

Surina, siehst du den Baum dort drüben? Den ganz großen?

Ja!

Ich würde mir wünschen, dass du hinüber gehst und ihn umarmst. Die Natur lebt, Es wäre für mich traumschön, mit dir dies zu erleben. Bitte!

Was ich soll einen Baum umarmen, wenn mich jemand sieht, die danken doch ich bin verrückt.

Warum ist es so wichtig was andere Menschen denken? Bitte Surina.

So ging Surina Richtung Baum und sah sich immer wieder um, ob ja Niemand da war. Erst legte sie zaghaft eine Hand auf den Stamm des Baumes, dann die zweite. Ein unbeschreibliches Glücksgefühl stieg in ihr

hoch. Sie umarme den Baum, legte ihre Wange an dessen Stamm und schloss die Augen. Sie fühlte sich wie in einer anderen Welt, weit weg von allen Sorgen und Problemen.
Sie Seele genoss diesen Zustand der Ruhe sehr und legte sich gemütlich hin. So einen Ruheplatz hatte sie sich schon lange gewünscht.
Surina traute sich kaum zu atmen, so ergriffen war sie von diesem Augenblick.
Sie stand lange Zeit einfach nur da in den Armen des Baumes.

Surina, hallo Surina, lass uns zurückgehen, du wolltest doch den Rasen mähen. Halloooooo!!!

So wollte ich das, es ist im Moment so unwichtig, ich weis auch nicht. Aber ich möchte noch ein bisschen bleiben.

Genau das wollte ich von dir hören.

Doch das hörte Surina gar nicht wirklich, denn sie stand einfach an den Baum angelehnt und spürte den Herzschlag des Baumes.
Die Seele war verwundert, nie hätte sie gedacht, dies so schnell zu verwirklichen. Dieser Schritt war schnell gelungen und tat Surina so gut.

Warum kann es nicht immer so sein? Warum kann ich nicht immer so leben?

Weil das Leben, dir viele Möglichkeiten bietet um zu wachsen. Wachsen kannst du nur mit Erfahrungen die das Leben dir bringt. Manches Mal sind es negative und manches Mal sind es positive. Dich aus dem Negativen, wieder ins Positive zu bringen, das ist die Kunst. Du wirst immer wieder Erfahrungen machen, die dir nicht gefallen. Vieles ist vergänglich, aber mit üben und üben wirst du es schaffen, das Negative nicht mehr so zu bewerten wie bisher.

Surina hielt sich immer noch an dem Baum fest.

Du wirst noch viele Umwege gehen, aber jeder Umweg hält eine Antwort bereit und es öffnet sich dir etwas Neues. Du wirst wachsen und wachsen, danke Surina das ich das so erfahren darf mit dir.

Surina wusste nicht was sie sagen sollte.

Sage einfach nichts, denn es gibt oft keine Worte für gewisse Dinge die zwischen Himmel und Erde geschehen.

Surina ging bewusst den Feldweg zurück und sah sich noch mal um, der Baum stand so kräftig in diesem Wald, früher hätte sie dies nie bemerkt.

Zu Hause startete sie den Rasenmäher an und grinste vor sich hin. Mit Leichtigkeit mähte sie Bahn für Bahn, so viel Freude hatte ihr Rasen mähen noch nie bereitet.
Sie fühlte eine Dankbarkeit im tiefen Inneren im stillen Raum, den sie noch nie betreten hatte, so glaubte Surina dies zu diesem Zeitpunkt.
Hallo Seele bist du da? Ich möchte dir etwas sagen.

Klar bin ich da!

Ich fühle mich in deiner Gegenwart so sicher, so beschützt und behütet, danke liebe Seele.

Danke Surina für diese Worte.

Die Seele war sehr gerührt, so schnell hätte sie mit solchen Worten nicht gerechnet. Sie fühlte diese Ruhe und Stille in Surinas Köper. Es war einfach himmlisch.

Am Wochenende übte Surina nicht so viel, denn da hatte die Familie Vorrang. Alle waren da, außer Sofie, die wie immer unterwegs war.
Was hältst du davon, wenn wir heute Abend grillen?
Max hüpfte von einem Bein auf das andere, ja, ja, ja super Idee Papa. Mama sag ja.
Ja klar von mir aus sehr gerne.

Surina bereitete Kartoffelsalat und eine feine Soße aus verschiedenen Kräutern zu.
Thomas und Max holten aus dem Garten, alles Mögliche an Gemüse. Es wurde geschält und geschnitten.

Hei Surina, Lust auf eine kleine Übung so zwischendurch?

Ja gerne, ich wasche mir nur noch die Hände.

Weist du noch vor ein paar Wochen, ich wollte dir damals das bewusste Wasser trinken beibringen.

Surina musste lachen, das war damals ja gescheitert.
Wir können es gerne versuchen.

Fein! Also gehe bewusst Schritt für Schritt in die Küche. Fühle den Boden unter deinen Füßen, höre auf Geräusche, sehe deine Umgebung. Dann öffne den Küchenschrank und suche dir bewusst ein Glas aus. Schaue genau, welches Glas gefällt dir, schaue dir die Farben an, die Formen. Jetzt nehme es heraus und halte es unter den Wasserhahn. Nun öffne langsam den Hahn und beobachte wie das Wasser in das Glas läuft. Drehe den Hahn wieder zu und sehe dir das gefüllte Glas genau an. Jetzt nehme einen kleinen Schluck, fühle das Wasser in deinem Mund, fühle das Glas. Jetzt stelle das Glas auf den Küchentisch. Gut gemacht.

Ich habe nicht gewusst, dass Wasser trinken so viel Freude bereiten kann.

So ist es mit allem und jedem, du kannst alles so bewusst erleben, dass du sogar beim Hausputz Freude erleben kannst.

Surnia musste lachen, beim Hausputz Freude empfinden, na ja, es musste getan werden, aber ob das eine Freude sein kann, konnte sie sich nicht vorstellen.

Thomas und Max waren voll bepackt mit leckeren Sachen. Thomas zündete das Feuer im Grill an und es wurde ein toller Abend. Gemeinsam wurde gelacht und gegessen, gespielt und getrunken.
Surina versuchte bewusst zu trinken, es gelang ihr immer besser und sie hatte so viel Freude dabei. Am liebsten hätte sie Thomas von ihrer Seele erzählt, jedoch er würde es sowieso nicht verstehen. So behielt sie ihr Geheimnis für sich.
Am nächsten Tag, es war ein Sonntag fuhren alle gemeinsam zum Baden, sogar Sofie war mit dabei. So einen herrlichen warmen Tag wollten sie ausnutzen und in der Sonne liegen und schwimmen. Thomas war mit den Kindern im Wasser.

Vieles ist hier und jetzt möglich.

Was?

Du kannst überall üben, nicht nur, wenn du alleine bist. Auch hier mit Thomas und den Kindern ist das möglich. Gedanken sind so weit wie der Himmel. Du denkst und denkst, das ist sehr anstrengend, deshalb versuche einmal nicht zu denken.

Was?

Spaß, ich wollte dich nur ein bisschen veräppelt.

Die Seele kugelte sich vor lachen und Surina wurde dabei schlecht.
Jetzt hör endlich auf, also was meinst du ich kann überall üben auch hier und jetzt, was meinst du damit?

Lebe im Einklang mit dir. Du hast geübt, wenn Gedanken kommen, stelle dir das Stopschild vor. Das kannst du ja schon ganz gut und jetzt erweitern wir das Ganze. Schaue in den Himmel und beobachte, was siehst du?

Einen strahlend blauen Himmel, ein Schwarm Vögel und eine kleine Wolke. Ach ja und einen Flieger.

Das stimmt, jetzt versuchst du die Dinge nur anzusehen, ohne diese zu benennen. Schau dir den strahlend blauen Himmel an, aber benenne diesen nicht, lass ihn einfach da sein.

Das war leichter gesagt als getan, denn schon ratterten die Gedanken in Surinas Kopf los. Sie konzentrierte sich nur auf den blauen Himmel und versuchte mit dem Stop ihre Gedanken zu bremsen, doch an diesem Tag gelang ihr das nicht.
Surina war inzwischen so weit, dass sie sehr bewusst vieles tat, doch auch gab es Tage da lief alles sehr unbewusst ab. Immer wieder ertappte sie sich dabei, wie sie hektisch ihre Aufgaben erledigte, aber sie wusste auch, dass es ganz anders möglich war. Mit Ruhe und bewusstem Tun. Wie hatte ihre Seele so schön gesagt, üben, üben, üben.

Ein wundervoller Sternenhimmel war in dieser Nacht zu sehen. Surina stand auf der Terrasse und sah sich dieses Naturschauspiel an. Viele der Sterne glitzerten und blinkten, der Mond stand wie eine silberne Scheibe am Himmel. Was war nur hinter dem Himmel, was war nach dem Tod? Fragen über Fragen, kamen in Surina hoch, solche hatte sie früher nie gekannt.
Sie würde ihre Seele fragen, die hatte sicher auf alles eine Antwort.
Was würde ihr die Zukunft bringen?

Sie nahm sich vor, wenn morgen Thomas und die Kinder außer Haus waren, sofort mit ihrer Seele zu sprechen.

Hallo ich habe da ein paar Fragen.
Warum bin ich hier auf der Erde. Was ist nach dem Tod? Warum bist du bei mir?
Was bringt mir die Zukunft?

Wow du hast dir aber viele Gedanken gemacht, Alles zu seiner Zeit. Ich kann dir nur schon einmal so viel sagen, du bist hier auf der Erde um zu lernen.
Und ich muss sagen, dass machst du sehr gut.
Ach ja noch eins, was dir die Zukunft bringt weis keiner, auch ich nicht.

Surina war enttäuscht, warum wusste das ihre Seele nicht

Zieh nicht so ein Gesicht, ich bin nicht allwissend.
Anstatt deinen Kopf mit so vielen Fragen zu belasten, lass uns lieber üben. Was hältst du davon, wenn wir wieder einmal den kleinen Feldweg entlang gehen und den Bäumen einen Besuch abstatten.

Für Surina war es oft sehr anstrengend, dieses Üben. Immer bewusst sein und alles sehen und hören und puh, sie war oft fix und fertig. Jedoch sah sie auch den Erfolg, sie lebte nun, anstatt gelebt zu werden.

Ok, ja bin gleich da, dann können wir los.
Sie dachte insgeheim, wie wird es wohl werden, im Wald, was fordert die Seele wieder von mir?
Surina, kannte die Abläufe sehr genau und ging bewusst, so gut es ging den Feldweg entlang, Richtung Wald. Schritt für Schritt, immer die Erde unter den Füßen spüren und hören und sehen, ohne zu denken.

Du meinst es ja echt gut Surina, aber mit deinem ewigen denken, bringt das nichts. Du sollst nicht denken, sondern fühlen, sehen und hören, ohne den Kopf. Bei dir rattern die Gedanken, ich weis genau, du möchtest alles richtig machen. Doch mal ehrlich, was ist richtig und was ist falsch? Das gibt es nicht, sei einfach du, wenn Gedanken kommen, lasse diese los, lass sie in den Himmel steigen und der Wind wird diese wegtragen.

Surina dachte viel zu viel. Immer war sie am denken. Obwohl sie sich so bemühte dies nicht zu tun. Also noch einmal, Schritt für Schritt, schon war sie beim Einkaufen, was sie noch alles benötigte für das Wochenende.
Ich kann das nicht, vielleicht stelle ich mich auch nur so an.

Pst, sei still. Lege deine Hand auf dein Herz und spüre deinen Herzschlag. Fühle wie dein Herz schlägt und jetzt gehe weiter. Schaue in den Himmel und spüre dein Herz, höre die Vögel singen und spüre dein Herz. Vergiss dabei nicht zu atmen, einatmen und ausatmen, spüre wie die Luft in deinen Körper fließt und wieder hinausströmt. Beim Einatmen, atmest du Energie ein und beim Ausatmen lässt du alles los, das du nicht benötigst. Alle Ängste, Sorgen und Probleme übergibst du mit dem Ausatmen einfach dem Universum.

Ach ist das viel auf einmal, was ich alles gleichzeitig tun soll.

Du sollst gar nichts tun, einfach nur bewusst sein. Also los versuch es mal.

Surina lies es einfach geschehen und es funktionierte. Sie spürte ihren Atem, die Erde unter ihren Füssen, sie sah den Himmel und die hörte die Vögel zwitschern.
Es geschah einfach, eigentlich war es ganz leicht und doch so schwer.
Eine tiefe Freude und Ruhe breitete sich in ihrem Körper aus. Zum ersten Mal fühlte sie, dass da noch etwas war, tief in ihrem Inneren.

Ich spüre es Surina, du fühlst Ruhe und Stille in dir und genau das bist du. Das ist dein wahres Selbst.

Damit konnte Surina natürlich erstmal nichts anfangen. Dieses komische Gerede, warum müssen Seelen nur so kompliziert sein, oder war nur ihre Seele so kompliziert, oft einfach nicht zu verstehen.

Die Seele schmunzelte, was sich Surina so alles ausdachte. Wenn die wüsste wie es wirklich ist. Sie genoss die Ruhe im Körper und schlief friedlich ein.

Ich muss nach Hause, habe ganz vergessen, dass ich noch die Fenster putzen wollte. Ich hänge hier im Wald ab, anstatt etwas Sinnvolles zu tun.

Ja, ja die Fenster, meinst du die laufen dir davon? Die kannst du morgen auch noch putzen. Surina, es lohnt sich nicht, dass du dich in so stressige Situationen bringst. Bleibe in der Gegenwart, die Zukunft erreichst du so wie so nicht. Klar die Fenster sollst du putzen, keine Frage, aber jetzt wollen wir dir etwas Gutes tun.

Eigentlich musste Surina der Seele Recht geben, die Fenster konnten morgen auch geputzt werden, warum sollte sie sich heute noch abrackern.
Gesagt getan, sie atmete und freute sich hier zu sein im Wald, der beschützt von einem blauen Himmel war. Doch die Gedanken rannten und rannten.

Lass uns nach Hause gehen, bat sie ihre Seele, ich kann das so nicht. Erst die Arbeit, dann das Vergnügen.

Was meinst du denn, was wir hier tun? Wir arbeiten an dir und das ist sehr wertvoll. Wie oft muss ich dich noch erinnern, wann begreifst du das endlich? Surina du bist ein eigenständiger Mensch, der Schwächen hat und das ist gut so, aber du darfst jetzt an dich denken. Dein Körper ist ein wundervoller Lichtdurchfluteter Raum, den ich so liebe. Doch du merkst das nicht. Du bist nur im Kopf und lässt dir alles Mögliche einreden. Bald habe ich keine Lust mehr, auch bei mir gibt es Grenzen.

Die Seele wusste ganz genau, dass sie keine Wahl hatte. Sie wohnte in diesem Körper und konnte nicht einfach verschwinden. Doch wozu sollte sie dies Surina erzählen, dann musste sie ihr viel erzählen, damit es Surina kapierte. Also die Füße still halten und einfach da sein, einfach in Surinas Körper sein.
Mir ist langweilig, ich verstehe dich nicht, ich weis nicht was ich hier soll und zu Hause wartet die Arbeit und das soll sinnvoll sein?

Das kannst du jetzt sehen wie du willst, aber glaube mir es ist sinnvoll. Die Einsamkeit lehrt so viel, weil du da einfach nur mit dir alleine bist.

Alleine, so ein Schmarrn, du bist doch auch da.

Ich bin auch da und wer meinst du denn das ich ……

Die Seele verstummte mitten im Satz. Wie sollte sie das Surina erklären, dass sie eins waren, doch dafür lag noch ein langer Weg vor ihnen.
Was meinst du, jetzt sag schon.

Oft bist du wie ein kleines Kind, das alles verstehen und wissen möchte. Ich werde jetzt nicht mehr diskutieren, dafür ist mir meine Zeit zu schade. Mach was du willst, ich will jetzt meine Ruhe und die Stille des Waldes genießen.

Das war eine klare und deutliche Ansage. Surina stand da wie angewurzelt. Sie erinnerte sich an einen Artikel in der Zeitung, darin stand: „Lebe im Einklang mit der Natur." Ob das ihre Seele meinte? Sie fand die Natur ja auch schön und so friedlich. Ja, warum ein Theater daraus machen, wie Schuppen fiel es ihr von den Augen. Die dachte und dachte, anstatt zu sein, zu genießen und sich zu freuen.
So ging sie auf ihrem Lieblingsbaum zu, setzte sich an dessen Stamm und schloss die Augen.

Ein Gefühl tiefer Ruhe stieg in ihr auf. Sie spürte den Baum, der so nah war. Sie spürte die Erde, auf der sie saß. Mit den Händen griff sie in das Moos, das so weich war.

Innen und Außen ist eins Surina. Wie du im Innersten fühlst so wird es im Außen sein. Es ist die Liebe in allem Sein. So auch in dir.

Surina saß lange Zeit einfach nur da, es war ein solches Glücksgefühl das sie durchdrang, das sie gar nicht mehr aufstehen wollte. Mit aller Kraft versuchte sie das Gefühl festzuhalten, jedoch das war nicht möglich und so vergingen diese Momente und der Denker in ihrem Kopf kam wieder zu Wort.

Es war noch früher Nachmittag und Surina putzte die Fenster, es bereitete ihr sogar Spaß. Galant lies sie den Fensterwischer über die Glasflächen gleiten und eine Bewusstheit durchdrang sie, es war himmlisch. Ja, genau so musste es im Himmel sein, so voller Freude und Glück.

Thomas sah seine Frau mit großen Augen an, Surina du bist so anders, geht es dir gut.
Ja klar, sogar sehr gut.
Das freut mich sehr. Ich habe eine Überraschung für dich.

Surina konnte mit Überraschungen nicht viel anfangen, denn da kam die Angst sofort hoch, was kommt auf mich zu. Es waren Gedanken in ihrem Kopf, die nur schwer auszuhalten waren. Werde ich es schaffen, was hat Thomas geplant. Fühle ich mich eingesperrt und und und, ihr Herz raste los in einer Geschwindigkeit, so als ob es aus ihrem Körper heraus springen wollte

Atme ganz langsam ein und aus, hörst du? Ein- und ausatmen, hallo Surina. Jetzt atme endlich, habe schon ein Schleuderdrauma, hier drinnen geht es rund, wie auf einem Karussell.

Doch Surina war so mit sich selbst beschäftigt, dass sie ihre Seele gar nicht wahrnahm. Thomas grinste vor sich hin, ihm gefiel es, seine Frau zu überraschen. Bist du schon neugierig?
Oh ja sehr sogar, was ist es denn?
Surina spielte das Spiel mit, obwohl es ihr schlecht ging dabei, sie wollte Thomas die Freude nicht verderben.
Rate doch einmal, was meinst du denn, was es ist?
Hm...., keine Ahnung.
Jetzt komm schon Surina, du weist doch sonst auch immer alles.
Vielleicht gehen wir Tee trinken in den kleinen, aber feinen Teeladen.

Nein!
Vielleicht unternehmen wir etwas mit den Kindern.
Nein!
Ich weis es nicht, jetzt komm schon, sag endlich.
Surina spielte dieses Spiel sehr glaubwürdig, Thomas wäre nie auf die Idee gekommen, das alles nur gespielt ist und in Wirklichkeit Surina große Angst empfand.
Ich habe deine Mutter gefragt, ob sie die Kinder übers Wochenende nimmt. Wir beide machen was ganz schönes. Also ich habe schon gebucht, wir fliegen nach London. Freust du dich?
Ja sehr, eine tolle Idee, danke Thomas.
Jedoch in Surina sah es ganz anders aus, der Sturm brach los, es stürmte in ihr so sehr, dass die Seele meinte, der Sturm würde sie zerdrücken. Ihr Herz flatterte in alle Richtungen und seit langer Zeit setzte sich das Karussell in ihrem Kopf in Bewegung. Sie bekam kaum noch Luft und musste husten.
Freust du dich denn gar nicht? Thomas sah seine Frau an, er hatte sich mehr Freude erwartet.
Oh doch ich freue mich sehr Thomas. Sie fiel ihm um den Hals und drückte ihm einen Kuss auf den Mund und hoffte möglichst bald

alleine zu sein. Wie sollte sie das aushalten in dem engen Flieger bis London.
Du das wird ganz lustig, wir fliegen nach London Stansted, von dort aus fahren wir noch mit dem Zug in die Stadt, der Flughafen liegt doch ziemlich außerhalb. Hast du Lust mit mir in ein Pub zu gehen?
Super ja, wir können auch mit einem der Doppeldeckerbusse fahren.
Gerne, wenn du magst.
Es waren noch genau zwei Wochen bis zum Abflug, also noch genügend Zeit um sich das Ganze in den hässlichsten Situationen auszumalen. Der Flieger ist viel zu eng, ich habe da keinen Platz für mich. Die vielen anderen Passagiere, was werden die denken, wenn sie bemerken, wie ich mich fühle. Dann der Zug, fast das gleiche nur auf den Boden, macht die Sache ein bisschen einfacher. Ich werde ohnmächtig und alle lachen mich aus. Diese Pubs in London, Surina kannte sie nur aus Filmen, die waren eng und voller Leute.
Ich sterbe, dachte Surina.

So schnell stirbst du nicht. Was machst du dir für Sorgen um nichts.

Um nichts, du hast ja keine Ahnung, du kannst da gar nicht mitreden, wie schlimm das ist.

Es ist die Hölle auf Erden, für andere ist es eine Freude, nur für mich ist es anders. Einfach nur furchtbar.

Schau es gibt da ein paar Möglichkeiten.

Welche denn?

Sag Thomas einfach die Wahrheit.

Auf gar keinen Fall, ich würde ihm die ganze Freude verderben.

Dann versuche es positiv zu sehen und mache eine Übung daraus.

Wie soll ich denn üben, wenn ich Todesangst habe, nein.

Ja, dann gibt es nur noch eine Möglichkeit, du fliegst und tust so wie immer es sei nichts und hältst es einfach aus.

Genau das werde ich tun, irgendwie schaffe ich es schon.

Meinst du nicht Thomas hätte ein Recht zu erfahren, wie du fühlst und denkst?

Oh nein, er würde es nicht verstehen.

Wie gut du Thomas kennst und genau weist was er versteht und was nicht. Aber deine Sache, jetzt kannst du was daraus machen oder nicht, wie du meinst. Aber eines sage ich dir, wenn du wieder diese Anfälle bekommst, diese Angst, ich verstecke mich ganz hinten, hinter deiner Lunge.

So verging die Zeit und Surina wurde von Tag zu Tag noch nervöser und unruhiger.
Schatz freust du dich schon, morgen geht es los.
Ja, klar freue ich mich.
Ich bringe heute die Kinder zu deiner Mutter, dann haben wir morgen mehr Zeit und müssen uns nicht so beeilen.
Super!
Surina war den Tränen nahe. Wie so oft hatte sie alle Situationen bewältigt, jedes Mal hatte sie sich geschworen, nie wieder begebe ich mich in eine solche Situation, die mir so viel Angst macht. Und wie oft schon, war sie immer wieder in diesen Situationen gefangen, weil sie nicht die Wahrheit sagen wollte und anderen Menschen wollte sie die Freude nicht nehmen. Dafür ging sie durch die Hölle, wie sie es nannte.

Wir versuchen das gemeinsam, zu zweit sind wir stark, was meinst du? Surina?? Komm schon, ich helfe dir und du wirst sehen, es wird ein wunderschöner Trip nach London.

Ich stehe es so wie so durch, egal ob du mir hilfst oder nicht. Aber ich nehme dein Angebot gerne an, denn schlimmer kann es nicht werden.

Um sieben Uhr fuhren sie schon auf der Autobahn Richtung Flughafen. Surina versuchte nichts zu denken, jedoch das war unmöglich, sie dachte an die schlimmsten Dinge.

Surina, schau aus dem Fenster. Schau in den Himmel, beobachte die Wolken. Atme und nehme bewusst alles wahr, was ist.

Sie schloss ihre Augen und versuchte zu atmen und einfach da zu sein, das hatte sie doch schon so oft geschafft. Eine kleine Besserung stellte sich ein, ihr Herz beruhigte sich ein bisschen.

Thomas war so voller Freude und Surina fühlte sich wie immer in solchen Situationen, einfach schlecht.

Was meinst du, wir können im Sommer mit den Kindern nach Marokko fliegen.

Das wäre schön.

Der Flughafen war in Sicht. Ein Parkplatz war schnell gefunden, jetzt nur noch einchecken und los geht's.

Surina stand voller Angst am Schalter und wartete bis Thomas die Flugtickets hatte. Ihre

Beine gaben nach, sie fühlte, bald nicht mehr stehen zu können.

Komm wir gehen nach oben, da haben wir eine tolle Aussicht auf die ankommenden und startenden Flugzeuge. Welch eine grandiose Idee, dachte Surina und trottelte Thomas hinterher.

Er war begeistert, dieses Treiben auf dem Flughafen bereitete ihm viel Freude. Wir müssen durch die Kontrolle, bald geht es los. Er breitete seine Arme aus und machte einen Flieger nach der startete.

Surina fand das alles gar nicht witzig. Hoffentlich bin ich bald wieder zu Hause, dachte sie.

Als der Bus kam um sie zum Flugzeug zu fahren, meinte Surina, ihr Herz blieb stehen und schon im nächsten Moment wurde ihr schwindlig und kalt und ihr Herz begann zu flattern.

Sie stieg die Stufen zum Eingang hinauf und setzte sich an ihren gebuchten Platz neben Thomas.

Atme Surina. Stell dir vor du bist im Wald bei deinem Baum.

Ein Lächeln huschte über Surinas Gesicht, die Vorstellung jetzt im Wald zu sein, war himmlisch. Aber sie saß im Flieger nach London und musste vielleicht sterben, oder sie blamierte sich vor all den Leuten. Vielleicht wurde sie ohnmächtig. Ihr Kopf stand nicht mehr still, die Gedanken nahmen ihren Platz ein und brachten sie zur Verzweiflung.

Schau aus dem Fenster.

Es ging los, mit voller Kraft startete das Flugzeug und hob von der Erde ab. Surina wünschte sich so sehr, jetzt irgendwo ganz alleine zu sein. Nur sie und sonst nichts. Sie würde alles dafür geben um hier nicht zu sitzen.
Herrlich, Thomas strahlte übers Gesicht, schau nur da unten, die kleinen Häuser und jetzt über die Berge.
Schön ja, stammelte Surina.
Sie dachte an ihre Seele, die ihr immer wieder gesagt hatte, schau aus dem Fenster. So blickte sie aus dem Fenster und sah unter sich die Wolken, welch ein wundervolles Schauspiel. Die Sonne strahlte und für einen Moment wurde es still in ihr. Bewusst nahm sie die Wolken wahr, die aussahen wie Watte, die man in ein orangefarbenes Licht getaucht hatte. Der Anblick war fantastisch. Doch so schön der Anblick auch war für Surina war dieser Tag ein Alptraum, die Seele konnte reden und reden, es half alles nicht. Surina war von ihrer Angst so überwältigt, dass ihr alles egal wurde. Sie war in London und doch

nicht, denn sie sah einfach nichts, außer ihrer Angst die ständig präsent war.

Nach ca. 1 Woche hatte sie sich wieder so weit erholt, dass sie mit Max ins Freibad ging. Das war zwar auch eine Herausforderung für sie, aber viel einfacher.
Max freute sich sehr, seine Mutter den ganzen Nachmittag für sich zu haben. Da Max die meiste Zeit auf der Rutsche war, hatte Surina Zeit zum Nachdenken. Was ist das für ein Leben, hoch und tief und immer so weiter. Wenn ich keine Kinder hätte, sagte sie sich in Gedanken, wäre ich nicht mehr hier und würde keinem mehr zur Last fallen.

Jetzt genieße doch einmal den sonnigen Tag. Schau Max wie glücklich er ist, genau so glücklich solltest du jetzt auch sein. Was hindert dich daran?

Ich denke immer ich schaffe es nicht, das Leben, es allen Recht zu machen.

Du stehst dir wirklich selbst im Weg. Versuche doch wenigsten einmal bewusst zu Max zu gehen, du weist ja noch Schritt für Schritt, spüre die Erde unter deinen Füßen.

Es hieß wieder einmal üben. Surina ging bewusst zu Max, sie spürte das Gras unter ihren nackten Füßen, dieses kitzelte an ihren

Zehen. Sofort sah sie in den Himmel und sah die kleinen Wolken, wie diese vorüber zogen. Es wurde ein schöner Nachmittag, bis ein Gewitter aufzog. Es donnerte und blitzte und es begann zu regnen.

Siehst du genau so sieht es in deinem Körper aus, hier herrscht die meiste Zeit auch so ein Unwetter. Obwohl ich solche Unwetter ja sehr liebe.

Was soll daran schön sein?

Die Luft wird gereinigt, genau so kannst du deinen Körper reinigen.

Hab schon verstanden ich soll duschen gehen. Stinke ich?

Was du so alles verstehst, gar nichts verstehst du, aber das brauchst du auch nicht, fühle es, wie dein Körper gereinigt wird, von innen. Leuchtet das Licht in deinem Körper, wird es im Außen auch ganz hell.

Du und deine schlauen Sprüche, die ich nicht kapiere. Aber ich habe mich daran gewöhnt, man gewöhnt sich ja an vieles.
Am nächsten Tag kam die Post und somit auch jede Menge an Reklame. Surina blätterte lustlos und entdecke Farben, Pinsel und Leinwand. Sie bekam große Lust zu malen.

Sofort waren Zweifel da, ich kann ja gar nicht malen.

Malen, kann jeder.

Aber ich nicht!

Versuche es doch einmal, ich finde einen Versuch ist es doch wert.

So setzte sich Surina ins Auto und fuhr los, kurze Zeit später saß sie auf der Terrasse, ausgerüstet mit vielen Farben, einer kleinen Leinwand und Pinseln. Doch wie sollte sie beginnen, welche Farbe sollte sie nehmen, welchen Pinsel.

Hast du schon einmal etwas vom meditativen Malen gehört?

Nein.

Schließe deine Augen, versuche einfach alles in dir aufkommen zu lassen was da ist. Jetzt, öffne die Augen und male einfach.

Surina malte in gelben, orangen und roten Tönen.
Zum Schluss malte sie noch dunkelbraune Kreise ins Bild. Sie fand ihr Bild hässlich und hoffte, dass es keiner sehen würde.
Ich hab ja gleich gesagt, ich kann nicht malen.

Doch du kannst malen, es drückt genau deinen Zustand aus wie du dich fühlst. Die gelben Töne, stehen für Licht. Göttliches Licht! Die orangen Töne stehen für Vertrauen und die roten Töne für Liebe. Die dunkelbraunen Kreise stehen für deinen Zustand, der immer wieder Zugang zu dir findet. Deine Angst!

Surina war verblüfft. So hatte sie das Ganze nicht gesehen. Etwas göttliches, Vertrauen und Liebe, genau das was sie sich wünschte und das sie auch schon erfahren hatte. Doch dann auch wieder diese Angst die immer wieder da war.
Sie suchte nach Hobbys, die ihr Freude bereiteten. Stricken und häkeln, alle bekamen Socken und Mützen, Schals und Handschuhe, sogar eine Handtasche für Sofie wurde gehäkelt. Pullover in allen Farben und Formen. Sie hatte früher in ihrer Jugendzeit schon viele Handarbeiten gefertigt, dass sie wieder Freude daran hatte, war einfach wundervoll.

Ich möchte auch einen Pullover, dazu passend Schal und Mütze, gestrickt bitte.

Die Seele kugelte sich vor lachen.
Ja, kann ich dir gerne stricken, aber welche Größe hast du denn?

Noch nie hatte sich Surina Gedanken gemacht, wie ihre Seele aussehen möge. War sie klein und dick oder groß und schlank. Hatte sie Plattfüße?

Das ist ganz lieb von dir, aber mich friert es nicht in deinem Körper ist es wohlig warm.
Wie siehst du aus?

Das kann ich nicht beschreiben, dafür gibt es keine Worte.

Oh da schau her, du weist mal was nicht, das gibt es sehr selten.

Ich habe dir schon einmal gesagt, ich bin nicht allwissend.

Stimmt, das hast du.
Surina ging oft in den Wald zu ihrem Lieblingsbaum und verbrachte viele Stunden dort. Es ging ihr immer besser und besser, bis auf die Angstzustände, war ihr Leben sehr erfüllt und schön.

Meinst du nicht, es wäre an der Zeit Thomas von deiner Angst zu erzählen.

Es ist so schwer für mich, ich schäme mich dafür so sehr.
Und doch nahm sie sich vor, heute Abend mit Thomas zu sprechen. Als sie im Bett lagen,

fing Surina langsam an. Thomas ich möchte dir etwas sagen. Ich habe dir viele Jahre etwas verschwiegen. Ich habe seit Jahren Angstzustände, ich komme mir vor wie eine Gefangene. Sie weinte bitterlich.
Thomas nahm sie tröstend in den Arm.
Warum hast du denn nicht viel früher etwas gesagt?
Weil ich mich so schämte.
Jetzt weis ich Bescheid, jetzt wird alles besser. Ich verstehe dich besser und wir können gemeinsam daran arbeiten.
Danke Thomas.
Surina war erleichtert, es war ganz einfach, das alles zu sagen. Warum sollte sie sich weiter hinter ihrer Angst verstecken, sie würde an die Öffentlichkeit gehen, vielleicht erging es anderen Menschen auch so, vielleicht konnte sie helfen.
Ein langer Spaziergang sollte es werden, ausgerüstet mit ihrer Kamera marschierte sie los. Es war sehr einfach, sie fand sofort die Worte, die sie sagen wollte und stellte das Video auf Youtube. Große Erleichterung breitete sich in ihr aus. Endlich hatte sie das ausgesprochen, für das sie sich jahrelang schämte.

Du machst ja Sachen, vergiss dabei nicht, auch an dich zu denken. Vergiss deine Übungen nicht, die sind sehr wichtig für dich.

Ja ich weis, danke, dass du mich erinnerst.
Surina drehte viele Videos, es war so eine Freude, diese zu bearbeiten und vor allem war es eine große Freude solche Videos zu drehen.
Es begann eine wundervolle Zeit voller Spannung und Abenteuer. Sie filmte Tiere, drehte Naturvideos, sogar Kochvideos und von ihren Handarbeiten. Sie begann Meditationen zu schreiben und als Hörbuch zu veröffentlichen. Endlich hatte sie etwas für sich selbst, das sie ganz alleine machte.
Sie begann Bücher zu lesen, über das Leben, über den Tod, über Meditationen, über Pflanzen und Kräuter. Sie interessierte sich immer mehr und mehr für das spirituelle Leben.
Eines Abends saß sie im Wohnzimmer und hielt das Buch, das ihr Thomas vor langer Zeit geschenkt hatte, in der Hand. Sie begann zu lesen.
Wer war dieser Mann, der Autor des Buches? Das Buch sah sehr unauffällig aus, jedoch die Farben des Einbandes gefielen ihr sehr. Orange und rot, genau nach ihrem Geschmack.

Also bevor du zu lesen beginnst, möchte ich dir eins sagen. Ich kenne das Buch und es ist fantastisch, jedoch für einen normalen Menschen, so wie du, schwer zu verstehen. Also scheue dich nicht und frage mich einfach, falls du etwas nicht verstehst.

Ja klar mach ich.
Surina war schon bei den ersten Zeilen.
Vorwort, das lasse ich gleich einmal aus, interessiert ja keinen Menschen.
Danksagungen, diese Leute kenne ich ja so wie so nicht, also weiter blättern.
Die Seele begann zu zweifeln, ob Surina jemals zu lesen beginnen würde.
Jetzt auch noch das Inhaltsverzeichnis, Surina fragte sich oft für was das gut sein sollte.
Einleitung, die Entstehung des Buches, auch das wollte sie nicht lesen. Sie wollte endlich etwas lesen, dass ihr weiterhelfen konnte und keine Einleitung. So begann Surina erst ab Seite fünfundzwanzig zu lesen. Du bist nicht dein Verstand, so lautete die Überschrift. Ja wer soll ich denn sonst sein, sofort kamen in ihr Zweifel hoch. Weiter stand dort, das größte Hindernis auf dem Weg zur Erleuchtung. Welche Erleuchtung, die Sterne leuchten, ja das weis ich, aber wo soll es noch leuchten? Puh, war das anstrengend. So las Surina das erste Kapitel durch und kapierte nur Bahnhof, also nichts.
Habe ich nichts dazu gelernt? Als ich damals schon einmal mit dem Buch zu lesen begonnen hatte, habe ich auch nichts kapiert.

Hei Seele bist du aufnahmefähig?

Ja, bin ich, habe schon auf deine erste Frage gewartet Also wie kann ich dir helfen?

Ich versteh das alles nicht, was ist Erleuchtung und ich bin nicht mein Verstand. Ich kapier nichts.

Klappe das Buch zu, ich merke schon, das ist zu schwer für dich. Ich werde versuchen es mit meinen eigenen Worten zu erklären. Weist du, Erleuchtung ist einfach dein natürlicher Zustand. Sein ist das ewige eine Leben jenseits der Formen. Also du weist ja, du wirst geboren, dann lebst du auf dieser Erde und irgendwann wirst du die Erde wieder verlassen und der Kreislauf beginnt von vorne. Du bist nicht die Form zwischen Geburt und Tod, sondern du bist ewiges Sein.

Ach, du meinst ich komme immer wieder auf die Erde, werde immer wieder geboren?

Genau, so ist es. Das Sein befindet sich auch ganz tief im Inneren, in der Form. Man könnte sagen, da ist ein Haus, also der Körper, die Form und tief im Inneren ist das ewige Sein.

Aber ich bin doch mein Körper und mein Verstand, sonst ist da ja gar nichts.

Da ist viel mehr als du denken kannst, denn mit Worten ist das sehr schwer zu beschreiben.

Ja was bin ich denn? Ein Geist?
Surina gefiel dieses Frage- und Antwortspiel und sie musste laut lachen.

Es wird einige Zeit dauern, bis du es in deinem inneren fühlen kannst.

Was soll ich fühlen?

Alles zu seiner Zeit. Pass auf, siehst du deine Hand?

Ja klar sehe ich meine Hand.

Wie weist du ob deine Hand wirklich da ist?

Na, weil ich sie sehe.

Jetzt schließe deine Augen, wie weist du das deine Hand noch da ist?

Ich habe sie doch vorher gesehen, also weis ich, das sie da ist.

Versuche einmal deine Hand zu fühlen, ohne zu schauen. Fühlst du ein kribbeln?

Ja, es kribbelt, ich fühle es ganz genau.

Genau so ist es mit deinem inneren Raum, den kannst du auch fühlen, aber dazu kommen wir viel später, alles der Reihe nach.

Ich weis nicht, ob ich das alles verstehe?

Du sollst ja nichts verstehen, du darfst es fühlen.

Fühlen, innerer Raum, was denn noch alles. Surina schwirrte der Kopf.
Mama, kann ich bitte zehn Euro haben.
Für was brauchst du zehn Euro, Sofie.
Beate und ich, wir wollen Pizza essen gehen, bitte Mama.
Surina reichte ihrer Tochter einen Zehneuroschein und wünschte ihr viel Spaß.
Sofort dachte sie an ihre Seele, hm..... verstehen soll ich nichts, aber fühlen soll ich, einen inneren Raum, wo ist dieser Raum? Keine Ahnung, vielleicht bin ich echt voll durchgeknallt, dachte sie sich und begann zu bügeln. Bügeln war eine ihrer Aufgaben die Surina hasste. Jedoch Thomas brauchte die Hemden für das Büro und diese mussten gebügelt sein. Als sie die Hemdenberge sah, seufzte sie. Viel lieber hätte sie mit ihrer Seele gequatscht, aber das musste nun sein. Nach ca. fünfundvierzig Minuten, klappte sie das Bügelbrett zusammen und beschloss den restlichen Nachmittag im Wald zu verbringen. Max war bei einem Schulfreund und kam erst so gegen achtzehn Uhr wieder. Zwei Stunden nur für mich, oder sollte ich lieber noch saugen, solche Gedanken gingen ihr durch den Kopf.

Surina entschied sich für einen Spaziergang.
Was hatte sie so alles gelernt, bewusst gehen,
beobachten, atmen, fühlen. Nur wann soll ich
das alles tun und in welcher Reihenfolge?
Das soll ein einfacher Weg sein, schwierig ist
der und denken muss ich auch genug dabei.
Huhu bist du irgendwo, ich brauche deine
Hilfe.

Was ist denn los?

Ich möchte noch in den Wald gehen, kommst
du mit?

Was für eine Frage, mir bleibt ja nichts anderes
übrig. Ich freue mich darauf.

Surina zog ihre Turnschuhe an und ging
Richtung Wald.

STOP, Surina ich möchte mit dir reden.

Und ich möchte in den Wald um zu üben.

Du kannst üben ohne Ende, wenn du mir jetzt
zuhörst.

Na gut, was gibt es denn so wichtiges?

Wir verreisen!

Wer verreist?

Wir zwei!

Wohin denn?

Ich dachte an eine kleine Hütte in den Bergen. Wo wir ganz ungestört sind und du üben kannst.

Hört sich gut an, nur geht das nicht, die Kinder müssen versorgt werden. Thomas würde das nie erlauben, ich alleine in den Bergen. Das Haus und der Garten und …..

Da habe ich einmal eine tolle Idee und du zerredest das alles. Frage Thomas was er davon hält. Fragen kostet ja nichts. Wir könnten es uns gemütlich machen, in den Bergen herum kraxeln, den Sonnenuntergang beobachten, vielleicht in einem kleinen See baden.

Die Seele war in ihrem Element. Sie träumte von dem und jenem und wollte diese Auszeit unbedingt.
Surina überlegte, schön wäre es schon, einmal nur Zeit für sich selbst zu haben.
So drehte sie auf halbem Weg um und begann im Internet nach Hütten zu suchen. Im Zillertal wurde sie schnell fündig. Eine kleine Hütte, das war genau das Richtige. Man konnte mit dem Auto bis vor die Türe fahren, jedoch die Hütte lag in einer Sackgasse, direkt in den Bergen.

Als Thomas abends mit ihr noch im Wohnzimmer saß, wusste Surina nicht wie sie beginnen sollte. Entweder ich sage es jetzt einfach, oder ich traue mich so wie so nicht.
Ich möchte mit dir was bereden.
Dann schieß mal los.
Thomas ich möchte eine Auszeit, nur für mich.
Du hast doch jetzt genug Zeit, seit du nicht mehr arbeiten gehst, Zeit ohne Ende.
So meine ich das nicht, ich möchte in die Berge fahren so für eine Woche.
Puh jetzt war es raus, Surina fühlte sich erleichtert und doch war sie sehr unruhig, was würde Thomas dazu sagen.
Wie stellst du dir das vor? Die Kinder, denkst du gar nicht an unsere Kinder?
Oh doch, ich dachte du nimmst dir eine Woche Urlaub und ich könnte mir so diesen Traum erfüllen.
Thomas war gar nicht begeistert, er meinte nur noch: Das muss ich mir erst einmal durch den Kopf gehen lassen.
Am nächsten Tag kam Thomas nach Hause und stimmte seiner Frau zu.
Vielleicht ist es wirklich das Beste, wenn du dir eine Auszeit nimmst. Ich habe Mitte Mai Urlaub beantragt und auch genehmigt bekommen. Also auf was wartest du noch.

Surina konnte es gar nicht fassen. Nur ihre Seele und sie, einfach weg von allem und einfach zur Ruhe kommen.
Hast du gehört, wir fahren in die Berge, hallo hörst du mich, wir fahren.

Klar höre ich dich, fein, ich freue mich sehr.

Max und Sofie konnten es gar nicht glauben, dass ihre Mutter alleine verreiste. Wie hätte sie den Kindern und Thomas klar machen sollen, dass sie gar nicht allein war.
Der Tag kam näher und näher, das Auto war gepackt und Surina fuhr die Landstrasse entlang.
Sie hatte sich Musik eingeschaltet und sang in den höchsten und schiefsten Tönen.
Die Landschaft war wunderschön. Es blühte alles, in den schönsten Farben. Der Himmel strahlend blau, keine Wolke in Sicht.
Plötzlich bekam Surina Angst, war ihre Seele im Auto, oder war sie zu Hause geblieben.
Bist du überhaupt da?

Ja, bin ich Hier ist es wunderschön, ich freue mich auf unsere gemeinsame Zeit.

Ich mich auch.
Surina fuhr eine kleine Bergstrasse hinauf, vorbei an mächtigen Bäumen, bunten Blumenwiesen und schon stand sie vor der

kleinen Hütte, die sie für eine Woche gemietet hatte.
Schön ist es hier, weit und breit kein Mensch, kein Straßenverkehr, einfach nichts, nur Ruhe und Stille, dachte sie. Doch sofort dachte sie an ihre Seele, sie war gar nicht allein, ihre Seele war ja auch dabei.
Hei Schlafmütze, wach auf, wir sind da!

Mach doch keinen so Krach, ich genieße die Stille.

Von wegen Stille, wir sind hier zum Üben, hast du das vergessen?

Natürlich nicht, jetzt pack doch erst einmal gemütlich aus und komme einfach an. Mach dir was zum Essen, sonst hast du gleich wieder Hunger, ich kenne dich.

Meinst du, du kennst mich?

Oh ja, ich kenne dich, also mein Vorschlag auspacken, was essen und dann geht es los.

Jawohl wird erledigt.
Surina war so guter Dinge und so glücklich. Herrlich eine Woche nur sie und ihre Seele. Die Kinder vermisste sie schon jetzt, aber einmal einfach nur sie selbst und üben, das war etwas Wundervolles. So schleppte sie eine Tasche mit Klamotten und einen Korb mit

Essen in die kleine Berghütte. Außerdem ihr Radio, Decken und Kissen, das wertvolle Buch, Kerzen und noch so Kleinzeugs.

Als dies alles verstaut war, setzte sie sich an den kleinen Esstisch, schnitt sich eine Scheibe Brot herunter und aß den Salat, den sie zu Hause schon vorbereitet hatte und dazu ein Glas Wasser. Sie dachte sogar daran, was ihr ihre Seele einmal gesagt hatte: Bewusst ein Glas Wasser herunter zu lassen.

Ganz bewusst ging sie hinaus zum Brunnen und holte eine Kanne Wasser. Herrlich kaltes Gebirgswasser, ein Genuss.

Surina dachte, was würde sie hier erwarten, was würde sie lernen, oder was konnte sie nicht umsetzen, so wie es ihre Seele von ihr erwartete.

Warum machst du dir so viele Gedanken? Genieße dein Essen und sei bewusst. Immer diese Denkerei an die Zukunft, das werden wir gleich als erstes lernen.

Wenn du isst, dann isst du.

Wenn du gehst, dann gehst du.

Wenn du liest, dann liest du.

Wenn du etwas tust, dann tue genau das und nichts anderes.

Das kann ja heiter werden, dachte Surina.

Sie versuchte ganz bewusst zu essen und doch kamen die Gedanken, was auf sie hier zukommen würde.
So fertig, es war später Nachmittag.
Hei du, was machen wir jetzt.

Nichts!

Nichts?

Ich ziehe mich jetzt zurück und tue nichts und du auch.

Und wie geht das, nichts tun, das ist langweilig.

Versuche einfach da zu sein, dich selbst zu spüren. Nur dich und sonst nichts zu tun.

Das fängt ja gut an. Ich dachte wir üben und ich lerne etwas.

Psst............

Hei du kannst mich doch hier nicht allein lassen. Jetzt hör mir einmal genau zu, wenn ich das gewusst hätte wie du hier drauf bist, wäre ich mit dir nicht hierher gefahren. Auch noch in die Einsamkeit und mit wem soll ich reden? Hallo, jetzt sag doch was!

Die Seele schwieg, die erste Lektion musste Surina erst einmal begreifen. Menschen sind so kompliziert, dabei ist alles so einfach.

Surina saß auf der Bank vor der Hütte und wusste nicht was sie anfangen sollte. Sie sah in den Himmel, ein paar kleine Wolken zogen vorbei. Ein Adler zog seine Kreise, die Vögel zwitscherten in den Büschen, eine kleine Welt die in Ordnung war.

Ich soll mich spüren, ja wie denn? Ich brauche eine Anleitung.

Hallo liebe Seele, sag mir doch wie ich mich spüre, ich habe keine Ahnung wie das geht.

Nichts, die Seele war wie weggeblasen.

Surina sah in den Himmel, vielleicht war ihre Seele da oben auf den Wolken, oder sie saß auf einem Ast. So ein Mist, sicher schlief sie wieder, wie so oft.

Surina ging in die Hütte und zog sich ihre Strickjacke an. Es war so langweilig, so ganz allein. Sie setzte sich wieder auf die Bank vor der Hütte und schaute in den Himmel, kleine weiße Wolken zogen vorbei. Eine Biene summte, plötzlich nahm Surina so vieles wahr. Ein Schmetterling landete auf ihrer Hand, gelb mit zarten weißen Streifen. Ein leichter Wind blies ihre Haare hin und her. Sie fühlte sich leicht und frei.

Als es dunkel wurde ging Surina in die Hütte und setzte sich auf den bequemen Sessel.

Sie dachte an ihre Seele, wie sie ihr immer wieder sagte: Surina schau aus dem Fenster. Surina blickte aus dem Fenster und sah einen Sternenhimmel, es funkelte und glitzerte. Der Mond stand schimmernd am Horizont.
Langsam begab sie sich ins Bad, wollte ihre Zähne putzen, doch so einfach war dies ja gar nicht. Also noch mal hinaus und Wasser holen. Surina machte das alles immer mehr Spaß.
Als sie im Bett lag, lächelte sie vor sich hin. Sie spürte sich selbst, sie spürte ihr Inneres, ihre Hände und Füße, ihre Beine und Arme. Es war ein Gefühl von Freiheit und Geborgenheit.
Sie schlief wie ein Murmeltier.

Surina aufwachen, aufstehen, ein neuer Tag, hast du gut geschlafen? Surina?

Surina streckte sich und lächelte. Guten morgen liebe Seele. Ich habe großen Hunger, ich glaube ich esse gleich fünf Scheiben Brot.

Du kleine Angeberin, ich weis zwei Scheiben schaffst du, aber mehr auf keinen Fall. Bevor du ans Essen denkst, machen wir beide was Schönes. Pass auf, du gehst jetzt auf die Terrasse und begrüßt den neuen Tag. Strecke und recke dich und sei dankbar, dass du dies alles hier erleben darfst.

Schon war Surina aus dem Bett geklettert und stand auf der Terrasse, sie streckte und reckte sich und bedankte sich für diesen neuen Tag.
Was er wohl bringen würde?

Denke nicht was sein könnte, sondern versuche einfach im JETZT zu sein, einfach da zu sein. Vergangenheit und Zukunft haben hier keinen Platz, die brauchen wir nicht.

Ja, ich versuche es und jetzt habe ich Hunger. Surina saß gemütlich an einem kleinen Holztisch und lies sich ein Marmeladebrot und eine Tasse Tee schmecken.

Hier ist es wunderschön und außerdem werden wir nicht gestört, also lass uns beginnen mit unserem üben.

Was üben wir heute?

Dieser Tag beginnt mit einer Meditation, das wollte ich dir schon lange beibringen, doch du warst ja immer so voller Stress, die ruhigen Minuten waren meistens sehr wenige.

Ich habe schon oft über Meditation nachgedacht. Doch ich wusste nicht ob es für mich etwas ist. Ich habe auch keine Ahnung wie das geht.

Siehst du die Decke da drüben? Die nimmst du mit und das Kissen, das du mitgebracht hast. Wir gehen raus an die frische Luft. Suche dir einen Platz der für dich stimmig ist.

Wie soll der Platz sein, stimmig? Was bedeutet das?

Es soll einfach ein Platz sein, der dir gefällt, wo du dich gut fühlst.

Ach so. Ich würde gerne da drüben bei der großen Fichte meditieren.
Surina breitete die Decke aus und saß wenige Sekunden später auf dem Kissen.

Atme ein paar Mal kräftig ein und aus und schließe deine Augen.
Beim Einatmen atmest du positive Energie ein und beim Ausatmen lässt du negative Energie los.
Einatmen positiv, ausatmen negatives loslassen.
Versuche jetzt einfach still zu werden und dich ganz auf den Atem zu konzentrieren.

Surina versuchte zu atmen und positiv und negativ und die Gedanken ratterten nur so dahin.
Ich kann das nicht, meine Gedanken spielen verrückt.

Kennst du das Sprichwort, Übung macht den Meister. Also noch mal, einatmen positiv, ausatmen negatives loslassen.
Einatmen, ausatmen, einamten und ausatmen.

Surina wurde ruhiger und stiller und spürte den Atem, wie dieser in ihren Körper strömte und wieder hinaus.

Atme ein paar Mal kräftig ein und aus. Strecke und recke dich und öffne langsam deine Augen.
Willkommen in Hier und Jetzt.
Das hast du gut gemacht, wie fühlst du dich?

Ich fühle mich sehr gut, so ruhig. Das war wunderschön. Danke.

Bleibe ruhig noch ein bisschen sitzen oder lege dich hin, wenn dir das lieber ist und genieße den Moment.

Surina legte sich hin und schloss die Augen. Kurz darauf war sie eingeschlafen.
Die Seele lächelte, so hatte sie sich das nicht gedacht, mit dem Üben, aber egal, Surina benötigte den Schlaf und später war auch noch genügend Zeit.
Als Surina aufwachte war es bereits Mittag. Hei warum hast du mich nicht aufgeweckt? Ich verschlafe die Tage hier oben. Sie ging in die Hütte und aß einen Apfel.

Hallo bist du noch da, ich habe so Lust weiter zu üben.

Ja, das habe ich auch. Ich fühle mich in deinem Körper immer besser.

Auf was wartest du dann noch? Ich möchte das Leben lernen, wie es sich anfühlt zu leben. Kleine Augenblicke habe ich schon erfahren und jetzt möchte ich Großes erleben!

Ich lach mich schief, klein oder groß, es spielt überhaupt keine Rolle. Lass es einfach so wie es ist.
Wir werden mit Atemübungen anfangen.

Ich atme doch automatisch, wie eine Maschine, was soll ich da noch lernen.

Für dein Wohlbefinden ist die richtige Atmung sehr wichtig, das bewusste atmen. Natürlich atmest du automatisch, das ist auch gut so. Nur du kannst den Atem selbst steuern und so tiefer in dich gehen.

Was heißt richtig atmen?

Eine tiefe Atmung schenkt dir neue Energie. Du berührst damit dein Innerstes.

Jetzt wollte die Seele eigentlich sagen, du berührst damit mich. Doch das verkniff sie sich ganz schnell, das würde Surina nur durcheinander bringen.

Außerdem kannst du dadurch Entspannung, Lebensfreude und Ruhe finden.

Surina lag auf der Wiese, wie herrlich warm es war. Sie streckte sich aus und genoss die Sonnenstrahlen auf ihrer Haut.

Schließe die Augen und atme ganz tief ein und aus. Beim Einatmen, atmest du Energie ein, beim Ausatmen, atmest du Negatives aus.

Obwohl es für die Seele nichts Negatives gab, doch wie sollte sie Surina sonst dazu bringen, endlich zur Ruhe zu kommen und wie sollte Surina wissen wer sie wirklich war.
Nur alles zu seiner Zeit, ich darf langsam beginnen, sonst bringt das alles nichts.

Surina lag auf der bunten Blumenwiese und versuchte zu atmen. Einatmen, Energie, ausatmen, Negatives, hoffentlich geht da bald einmal was voran, was soll ich in einer Woche lernen, nur atmen, dachte sich Surina.

Wenn du weiter so viel denkst kommen wir nie voran.
Konzentriere dich auf das Einatmen, ziehe soviel Lebensenergie in dich hinein, wie es nur geht. Nun

konzentrierst du dich auf das Ausatmen und lässt Ballast los.

Ja, was meinst du denn was ich mache. Nur es ist nicht so einfach, immer kommen andere Gedanken, dann vergesse ich das Atmen.

Das Atmen vergisst du bestimmt nicht, aber das bewusste Atmen vergisst du. Versuche es immer wieder, ein Koch kann auch nicht von heute auf morgen kochen, er darf es lernen und genau so ist es mit dem Atmen auch.

Surina schloss erneut ihre Augen und konzentrierte sich, ein und aus, ein und aus. Sie wurde immer ruhiger. Bis plötzlich ein großer Käfer über ihre Hand krabbelte. Erschrocken sprang sie hoch. Igitt was für ein großes abscheuliches Tier.

Du stellst dich an, ehrlich Surina, der ist doch viel kleiner als du. Hinlegen und atmen, los dalli dalli, ich möchte heute noch ein paar Übungen mit dir machen. Falls Gedanken kommen, lass diese weiter ziehen wie Wolken am Himmel.

Surina lag nun zehn Minuten und atmete. Falls ein Gedanke kam, dachte sie an den Himmel und schickte den Gedanken einfach weg.
Das funktionierte ganz gut.

Du darfst die Augen öffnen, jetzt strecke und recke dich und bleibe ruhig noch ein Weilchen liegen, ganz wie du möchtest.
Hast du gut gemacht, das war eine kleine Meditation.

Ich kann doch gar nicht meditieren, so ein Blödsinn. Atmen ist doch nicht meditieren.

Oh doch, mit deinem Atem beginnst du jede Meditation.

Surina war überrascht, so ging das, sie wollte mehr und mehr, am liebsten hätte sie geübt und geübt. Als sie abends im Bett lag, schloss sie ihre Augen und begann zu atmen.
Die Seele kuschelte sich an Surinas Herz, es war so friedlich und still. Bald darauf waren beide eingeschlafen.
Surina lag in den Kissen und schlief, die Seele wagte bereits einen Blick aus dem Fenster.

Surina, steh auf, ein wundervoller Tag, genau wie ich ihn so gerne mag.

Surina öffnete die Augen, warum weckst du mich mitten in der Nacht.

Es ist bereits sechs Uhr. Schau aus dem Fenster Surina.

Um ihrer Seele einen Gefallen zu tun, kletterte sie aus dem Bett und schaute aus dem Fenster.
Ich glaube du bist nicht ganz dicht! So viele Wolken, es regnet und du schmeißt mich aus dem Bett.

Das Wetter ist wundervoll, einfach traumschön. Ich habe mir so einen Tag gewünscht. So was hältst du davon, wir frühstücken jetzt gemütlich und danach sage ich dir meinen Plan für heute.

Surina zog eine Miene, doch sie war auch neugierig, was die Seele heute vorhatte.
So saß sie einige Minuten später am Frühstückstisch, lies sich ein Müsli mit Obst schmecken. Als sie fertig war stand Surina am Fenster, so gerne hätte sie die Sonne hinter den Wolken hervor geholt, dieses trübe Wetter, puh dachte sie, was sollen wir da den ganzen Tag tun?

Ich habe mir gedacht, wir bleiben heute in der Hütte. Ich möchte mit dir ein Frage Antwort Spiel spielen. Also du darfst Fragen stellen, ganz egal welche und ich beantworte sie dir.

Das gefiel Surina, geht es schon los, jetzt?

Ja, suche dir ein gemütliches Plätzchen, vielleicht auf dem Fußboden mit vielen Decken und Kissen, was hältst du davon?

Das hörte sich doch super an. Surina holte alles, Decken, Kissen und sogar ihre Bettdecke.

Jetzt übertreibst du aber gewaltig.

Es soll doch gemütlich sein, oder?

Passt schon. Also lass uns beginnen. Frage einfach nach was dir ist in diesem Moment.

Wie alt bist du?

Ich bin genau so alt wie du. Keinen Tag jünger und keinen Tag älter.

Warum ist das so?

Weil wir beide zusammen gehören.

Wann bist du zu mir gekommen?

Ich bin schon immer da, immer verstehst du.

Dann hast du all die Jahre, als es mir schlecht ging nichts gesagt, dass es dich gibt.

So ist es, ich habe geschwiegen, bis ich es nicht mehr ertragen konnte, in deinem verrückten Körper. Du warst nicht bereit zu lernen, du warst nur in der Welt der Formen verhaftet.

Welt der Formen, was ist das?

Deine Arbeit, dein Haushalt, deine Kinder, Thomas, dein Garten, schöne Kleider und vor allem dein Denken.

Was meinst du mit meinem Denken?

Es ist bei vielen Menschen so, dass den ganzen Tag der Denker läuft, wie eine Schallplatte. Immer wieder spielt er die gleichen Muster, Sätze und Bilder ab. Aus der Vergangenheit, weil es da so schlimm war und aus der Zukunft, weil es da besser wird.
Doch das ist nicht so. die Vergangenheit ist ein Teil von dir und dieser Teil deines Lebens ist vorbei. Die Zukunft gibt es nicht, denn du weist nicht was in einer Minute sein wird. Geschweige denn, in einem Jahr oder wie weit ihr Menschen da vorplant. Es ist immer JETZT. Genau der jetzige Moment, das ist Leben.

Das ist sehr schwer zu verstehen, denn es gibt doch die Vergangenheit und die Zukunft. Jetzt, ja jetzt lebe ich, aber ich habe doch auch vor fünf Jahren gelebt und werde wahrscheinlich in fünf Jahren noch leben.

Es gibt nur das Jetzt. Jetzt spreche ich zu dir. Jetzt schmiege ich mich an dein Herz. Du tust alles im Jetzt. Auch vor fünf Jahren hast du alles im Jetzt erlebt.

Wer bin ich?

Reines Bewusstsein, Alles andere sind nur Formen. Du lebst in einem Haus, das ist eine Form. Alles was du sehen kannst ist Form und diese verändert sich ständig. Was du isst, ist eine Form. Dein Körper ist eine Form, das bist nicht du, es ist dein zu Hause für deine Lebenszeit.
Du bist reines Bewusstsein.

Wie kann ich mir dieses reine Bewusstsein vorstellen?

Pass auf Surina. Stelle es dir so vor. Du wirst geboren, steigst in einen Zug, das ist der Zug des Lebens. Du steigst wieder aus, stellst die Weichen, oder andere Menschen tun dies für dich. Irgendwann steigst du aus dem Zug wieder aus und verlässt diese Form, also deinen Körper. Was übrig bleibt ist das reine Bewusstsein. Du kannst es auch das Göttliche nennen, das in jedem Menschen ist. Dein Körper, es ist das Haus in dem du wohnst hier auf Erden, zerfällt zu Staub, jedoch du bleibst immer, du bist reines Bewusstsein.

Schwer zu verstehen, ich bin katholisch aufgewachsen und bin aus der Kirche ausgetreten, spielt das eine Rolle für das Bewusstsein?

Das spielt überhaupt keine Rolle, egal ob du gläubig bist oder nicht, du bist immer das reine Bewusstsein.

Also ich bin Bewusstsein und wie ist es mit meinem Verstand? Ich denke und denke, mein Verstand sagt mir so viel. Eigentlich glaube ich, dass ich mein Verstand bin.

Das größte Hindernis auf deinem Lebensweg, ist dein Verstand. Er lässt die Vergangenheit immer wieder in dir aufleben und gaukelt dir vor, in der Zukunft wird alles besser. Jedoch es gibt nur das Jetzt, die Gegenwart. Du kannst nur jetzt in diesem Augenblick leben. Das ist die Krankheit von Millionen von Menschen, der Verstand bringt so viel Leid. Aber die gute Nachricht ist, du kannst dich von deinem Denker befreien.

Wie soll das denn gehen?

Indem du den Denker beobachtest. Der Denker schickt dir immer wieder altes aus deiner Vergangenheit, als Ton und auch mit Bildern. Du siehst und beurteilst die Gegenwart mit den Augen der Vergangenheit. Die Stimme in deinem Kopf wird zum größten Feind, sie erschafft Leid, Krankheit und Unglück. Wie gesagt die gute Nachricht, du kannst dich von deinem Verstand befreien. Du kannst jetzt den ersten Schritt tun und anfangen auf deine Stimme im Kopf zu hören. Beobachte deine Stimme in Kopf, sei ganz gegenwärtig. Beurteile nicht, erkenne einfach, da ist die Stimme und da bin ich. Höre einfach zu! Wenn du einem Gedanken zuhörst, bist du dir des Gedankens bewusst und ebenso dir selbst, jenseits des Gedankens. Jetzt fühlst du dein tiefes

Selbst, weit weg von den Gedanken. So verliert der Gedanke die Macht über dich und lässt schnell nach. Dein Verstand mag es nicht beobachtet zu werden, er möchte der Boss im Kopf sein und über deinen ganzen Körper. Das ist der Anfang vom Ende, des zwanghaften Denkens. Also wenn ein Gedanke nachlässt, weil du diesen beobachtest, entsteht eine Lücke in dem Gedankenstrom. Zuerst wird diese Lücke sehr kurz sein, aber mit der Zeit wird sie immer länger. Du fühlst eine Stille und tiefen Frieden in dir. Natürlich darfst du viel üben, denn durch Übung wirst du die Stille immer mehr spüren. Es entsteht eine Tiefe ohne Ende, die Freude des Seins.

Was meinst du mit Sein?

Sein ist das ewige eine Leben jenseits der Formen. Zwischen Geburt und Tod, das nennt man Lebensform, jedoch auch hier kannst du dich im Sein üben. Aber viel größer, unvorstellbar groß ist die Dimension die nicht Geburt und Tod unterliegt. Es ist deine unzerstörbare Essens, deine wahre Natur. Du erfährst dieses Sein nur, wenn der Verstand still ist. Dein Verstand kann es nicht begreifen, also sei ganz gegenwärtig und aufmerksam, dann wirst du tief ins Sein eintauchen. Man könnte dies auch Erleuchtung nennen.

Puh das ist viel auf einmal, aber sehr interessant. Jetzt meine nächste Frage, was ist Erleuchtung?

Erleuchtung ist dein natürlicher Zustand. Es ist unbeschreiblich, dafür gibt es keine Worte. Es ist deine wahre Natur, jenseits der Form. Es ist das Ende allen Leidens. Natürlich geht das nicht von heute auf morgen, aber mit viel üben, kommst du deinen wahren Sein näher und näher.
Das größte Hindernis dabei ist dein Verstand, der dir immer einreden möchte, es sei alles anders.
Deshalb höre ihm zu, sei aufmerksam und beobachte ihm.
Oder wenn es dir leichter fällt, kannst du auch eine Unterbrechung im Strom der Gedanken schaffen, indem du deine ganze Aufmerksamkeit auf das Jetzt richtest. So schaffst du es nicht zu denken und befreist dich damit von deinem Verstand, du bist im Jetzt. Das nennt man auch Meditation.

Wie meditiere ich am besten? Im sitzen oder liegen, mit Musik oder ohne, ich habe keine Ahnung.

Die beste Meditation beginnt mit dem atmen. Der Atem bringt dich tief in dein Inneres, in die Tiefe.
Dann sei einfach nur ganz gegenwärtig und atme. Das ist eine einfache und effektive Übung. Ob du im sitzen oder liegen meditierst ist ganz egal, einfach so wie es für dich am bequemsten ist.
Du kannst auch Licht in deinem Körper visualisieren, das hilft dir am Anfang im Jetzt zu bleiben.
Auch Körperreisen sind eine wunderbare Erfahrung. Dabei gehst du auch durch deinen Atem in den Körper und spürst in die verschiedenen Körperteile, beginne an besten bei

den Füssen, dann Unterschenkel, Oberschenkel, Po, unterer Rücken, oberer Rücken, Bauch, Brustkorb, Herz, Schulter, Hände, Unterarme, Oberarme, Hinterkopf, Hals, Gesicht, Schädeldecke. Du bleibst für ca. 15 Sekunden in jedem Körperteil und spürst die Energie. Benenne das Körperteil nicht, sei einfach aufmerksam im Jetzt und fühle.

Du kannst natürlich auch Musik hören und einfach den Tönen lauschen, am besten geeignet sind hier Mantren. Dafür machst du es dir ganz bequem, decke dich zu damit dir nicht kalt wird und höre die Töne der Musik.

Du sagst immer ich soll Aufmerksam sein und im Jetzt sein. In welchen Situationen geht das?

Das geht in allen Situationen. Egal ob du den Boden wischt, oder Wäsche bügelst, ob du einkaufen gehst, oder kochst. Sei in allen Situationen einfach da, sei gegenwärtig, sei ganz im Jetzt.

Du hast das ja schon einmal mit einem Glas Wasser trinken geübt. Auch wenn du isst, genieße das Essen. Wenn du z.B. Treppen hinauf oder hinunter gehst, sei ganz gegenwärtig und fühle jede Stufe unter deinen Füssen. Achte auf jeden Schritt, auf jede Bewegung und auch auf deinen Atem. Du stehst an einer Ampel, diese ist rot, nutze die Zeit und achte auf deinen Atem. So kommst du immer tiefer ins Sein, in deinen Frieden.

Jedes mal, wenn du eine Unterbrechung im Strom deiner Gedanken schaffst, wird das Licht deines

Bewusstseins stärker. Eines Tages wirst du über die Stimme in deinem Kopf lachen.

Das hört sich alles so einfach an und doch stelle ich es mir so schwer vor.

Das sind wieder deine Gedanken, die dir einreden wollen wie schwer es ist. Du bist nicht gegenwärtig.

Warte einmal einen kurzen Moment ich möchte mir eine Tasse Tee zubereiten.
Surina ging in die Küche und goss sich eine Tasse Pfefferminztee auf.

Für was erzähle ich dir das alles, du bist wieder nicht im Jetzt.

Surina fühlte sich ertappt. Ihre Seele hatte Recht, also die Tasse bewusst aus dem Regal holen, das Wasser bewusst eingießen, das Wasser beobachten und ein paar Minuten später saß Surina auf dem Boden mit ihrer Tasse Tee.
Du hast Recht ich war nicht im Jetzt, aber ich habe es dann versucht und es klappte ganz gut.
Die Seele schwieg, sie benötigte eine kleine Verschnaufpause.

Du sagst ich soll den Boss im Kopf beobachten, aber ich brauche doch meinen

Verstand in dieser Welt. Ich muss doch denken, sonst kann ich ja nicht einmal fünf plus fünf zusammen zählen.

Das stimmt du brauchst den Verstand, genau auf du liegt die Betonung.
Du benutzt deinen Verstand und nicht er dich. Im Moment ist es so, dass der Verstand sagt wo es langgeht. Jetzt wirst du üben, dass du den Verstand gebrauchst, falls es nötig ist. Stell dir vor der Verstand ist dein Werkzeug, wie ein Kochlöffel, beim Kochen. Einen Kochlöffel benutzt du ja auch und so benutzt du deinen Verstand auch. Bei bestimmten Dingen ist dein Verstand sehr nützlich und wenn diese Aufgabe beendet ist, schaltest du ihn wieder ab. Du denkst viel, nutzloses und negatives, das alles sagst dir der Boss im Kopf, beobachte deinen Verstand und du wirst herausfinden, dass dies stimmt. Du meinst es würde dich nicht mehr geben, wenn du mit dem denken aufhörst, das stimmt nicht. Es ist dein Ego, das durch den Verstand aufrechterhalten wird. Es ist dein falsches Selbst. Das bist nicht du. Für das Ego existiert der gegenwärtige Moment kaum. Nur Vergangenheit und Zukunft haben Bedeutung. So wird dein Verstand auf der Egoebene so krank und läuft wie eine Schallplatte.
Dein Verstand möchte dir weismachen, dass du ohne Vergangenheit nichts bist. Somit erhält er die Vergangenheit am Leben. Die Zukunft benötigt er um sein Überleben zu sichern. Wie oft hat dir dein Verstand schon gesagt, wenn dies oder dies ist, dann wird es besser. So ist es nicht.

Surina du hast die Wahl damit aufzuhören. Der gegenwärtige Moment enthält den Schlüssel zur Befreiung. Schwanke so oft wie möglich zwischen Gedanken und Stille hin und her, somit bist du der Boss, der das Sagen im Kopf hat.

Ich möchte meinen Verstand nicht verlieren. Vielleicht ende ich dann im Irrenhaus.

Das wirst du nicht, wenn du den Verstand gebrauchst für Dinge wo er einfach notwendig ist. Es bedeutet, sich über die Gedanken zu erheben, du wirst, solange du zwischen Geburt und Tod bist, deinen Verstand immer benutzen. Aber er dich nicht mehr, das ist die Befreiung. Nur in geistiger Ruhe können Dinge entstehen, aus der Tiefe heraus. Da ist eine Intelligenz am Werk die viel größer ist, als der Verstand.

Wie ist das mit Emotionen? Ich fühle immer alles so stark, wenn ich jemanden weinen sehe, weine ich auch. Oder ein trauriges Schicksal, nicht mein eigenes und ich bin mitten drinnen, so als ob es meines wäre.

Du fühlst mit Menschen, das ist nichts schlimmes, jedoch sollte es erst einmal um dich gehen.
Sich um andere Menschen zu kümmern, ihnen vielleicht sogar Hilfe anbieten ist etwas sehr schönes, doch zuerst bist du an der Reihe, dann kommt das andere ganz von selbst.
Es sind die hochsensiblen Menschen auf dieser Erde, die so mitfühlend sind. Sei dankbar, dass du

zu diesen Menschen gehörst, denn allzu viele sind es nicht. Wenn es auch oft schwer für dich ist, mit dem Leben in der Gegenwart kommst du auch dort ein Stück weiter und es wird einfacher. Du ziehst immer die Menschen an, die genau so sind wie du selbst. Du bist wütend, also ziehst du wütende Menschen an. So ist es mit den Emotionen auch, du fühlst dich voller Sorge, also zieht du immer mehr Menschen an die sich auch Sorgen, das ist dein Spiegelbild. Bist du fröhlich, so ziehst du fröhliche Menschen an. Das Ganze läuft über den Verstand, also beobachten, aufmerksam sein und gegenwärtig.
Schaue dir immer deine Gefühle im Körper an, spüre sie.

Habe ich das jetzt richtig verstanden, ich soll die Gedanken und Emotionen beobachten?

Genau, denn beide gehören zusammen. Frage dich in diesem Moment: Was geht in mir vor?
Beobachte einfach, das wird dir die richtige Richtung zeigen.
Falls jetzt keine Emotionen da sind, dann gehe tiefer und richte deine Aufmerksamkeit auf dein Energiefeld tief in deinem Körper. Das ist das Tor zum Sein.

Was ist mit positiven Emotionen, mit Freude und Liebe?

Diese sind von deinem natürlichen Zustand untrennbar. Du kannst sie fühlen, wenn du den

Gedankenstrom unterbrichst und tief gehst in deinen Körper, in dein Energiefeld. Dein Verstand wird sprachlos sein und bald nicht mehr wissen, was er noch tun soll, dass du dich wieder mit ihm identifizierst. Er wird eine Hintertüre suchen, wo er herein kommen kann. Pass auf und sei ganz gegenwärtig. Sonst sind Momente der Liebe, Freude und des Friedens sehr kurzweilig. Es sind tiefe Zustände des Seins. Sie existieren jenseits des Verstandes. Wahre Liebe bringt kein Leid. Wahre Freude bringt keinen Schmerz.

Wie ist es dann mit Partnerschaften?

Zwei Menschen empfinden unendliche Liebe füreinander. Nach ca. sechs Wochen lässt dies nach. Der Scherzkörper, auf den komme ich später noch zu sprechen, kommt zum Vorschein. Es kommt zu Streit und Hass. Danach siegt die Liebe wieder und man versöhnt sich, so geht es hin und her und man wechselt den Partner. Jedoch das Gleiche Spiel beginnt von vorne, außer einer der Partner lebt bewusst im Jetzt. Lass deinen Partner so wie er ist, klar kannst du ihm seine Fehler, die nur in deinem Verstand existieren sagen, aber gegenwärtig und bewusst. Ehrlich die meisten Fehler die wir an anderen entdecken sind Kleinigkeiten. Schaue über diese Kleinigkeiten hinweg und sei ganz bewusst im Jetzt. Somit wird die Situation abgeschwächt und belanglos. Ich weis Surina, Thomas lässt gerne seine Socken überall liegen.

Surina begann zu lachen.

Ja, so ist es und es nervt mich, immer muss ich sie zusammensuchen.

Warum musst du das? Lasse sie einfach liegen, irgendwann hat Thomas keine Socken mehr, wird dich beschimpfen, warum du seine Socken herum liegen lässt. Doch wenn du gegenwärtig genug bist, atmest du ein paar Mal ein und aus, spürst dein inneres Selbst und antwortest aus der Tiefe heraus. Probiere es aus, es funktioniert.

Wenn ich mit meinem Verstand identifiziert bin, kommen dann die Schmerzen?

Ich glaube du meinst damit körperlichen Schmerz und Krankheit. Groll, Selbstmitleid, Hass, Wut, Angst, Depressionen, Schuldbewusstsein und so weiter. Die kleinste Verärgerung ist Ausdruck von Schmerz. Es gibt zwei Arten von Schmerz, den aus der Vergangenheit und den Schmerz, den du jetzt neu erschaffst.

Wie kann ich den Schmerz auflösen, geht das überhaupt?

Das aller wichtigste, erschaffe keinen neuen Schmerz. Solange du mit deinem Verstand identifiziert bist, schaffst du immer neuen Schmerz. Dieser Schmerz entspringt aus der Ablehnung dessen was ist. Akzeptiere den gegenwärtigen Moment genau so wie er ist. Du kannst es in diesem Moment so wie so nicht ändern. Ein Beispiel, du hast es eilig, stehst an der Ampel, diese schaltet auf grün und dein Vordermann versucht verzweifelt loszufahren, drei Mal stirbt der Motor ab und du denkst, so ein Idiot. Fängst zu schimpfen an, am liebsten würdest du aussteigen und ihm die Meinung sagen, er soll doch noch mal einen Führerschein machen. Somit erschaffst du Schmerz.

Wenn du bewusst genug bist, gehst du gelassen an die Situation heran. Du atmest, du schaust einen Baum an oder den Himmel und bist ganz im Jetzt. Die Situation nimmt somit an Schwere ab und du fährst ganz entspannt weiter.

Je mehr du mit deinem Verstand identifiziert bist desto mehr leidest du.

Je mehr du akzeptierst wie es gerade ist, umso freier bist du von Schmerz und Leid.

Höre auf Zeit zu erschaffen, denn in der Zeit fühlt sich der Verstand sehr wohl.

Wie ist das mit der Ernährung?

Es gibt Nahrungsmittel die rauben dir Kraft und es gibt welche die schenken dir Kraft.

Zucker und Aufputschmittel, wie etwa Kaffee, geben dir kurzfristig Energie, kosten aber langfristig Kraft. Ein großer Teil unserer Lebensenergie wird für die Verdauung aufgebraucht. Obst und Gemüse tragen einen Teil zu einem gesunden Körper bei. Aber gönne dir auch ab und zu etwas, einfach das nach dem dir gerade ist.

Es gibt ja auch die geistige Nahrung. In erster Linie sind das Eindrücke die du über deine fünf Sinne aufnimmst. Insbesondere sind das deine

Augen und Ohren. Deshalb ist es auch wichtig, wenn du Fern siehst, oder eine Zeitung liest, ob es dich stärkt oder schwächt. Überprüfe einfach selbst, was tut dir gut und was schadet dir.

Ich habe mal etwas gelesen über Kraftorte, kann damit aber so gar nichts anfangen.

Es gibt gewisse Orte wo du auftanken kannst, ich meine Energie auftanken. Dies kann ein Wasserfall, eine Parkbank, ein Berg, ein See, ein Schloss oder ein Baum sein. Du spürst es tief in dir, wenn du dich an solch einem Kraftort befindest. Lasse dich ganz auf diesen Ort ein. Beschäftige dich nicht mit Grübeleien, sondern schaue über den See, spüre die Weite und Schönheit.
Es kann auch dein Gemüsebeet oder Blumenbeet sein, das du doch so gerne pflegst. Wenn dein Kraftort ein Baum ist, spüre die starken Wurzeln. Sei ganz aufmerksam. Wenn dein Bewusstsein mit dem Kraftort verschmilzt, dann tankst du Energie.
Natürlich gibt es auch innere Kraftorte.

Du meinst in einem Haus?

Nein, in deinem Körper.
Suche dir in deinem Körper einen Platz, vielleicht dein Herz, oder eins deiner Augen, ganz wie es für dich stimmig ist. Fühle dich ganz geborgen an diesem Ort und verschmelze mit ihm. Deinen Körper hast du immer dabei.

Ich höre ja gerne Musik, hilft das auch zu mir selbst zu finden?

Musik kann dich beruhigen, aber auch erregen. Auch hier heißt es, höre genau hin, ob dir die Musik gut tut. Dunkle Musik ist daher nicht so geeignet, am besten sind liebliche feine Töne.
Da hast du wieder was gelernt, liebe Surina.

Ich freue mich schon, wenn ich das alles ausprobieren kann. Vielleicht kann ich später Musik anmachen?

Klar kannst du das.

Weist du was manches Mal richtig nervt?

Was denn?

Ich habe soviel Mitgefühl für andere Menschen und Tiere. Oft könnte ich weinen, auch wenn nur ein Kätzchen etwas dünner aussieht, ich meine dann, es wäre am verhungern.

Ach Surina. Wir haben ja schon über Mitgefühl gesprochen.
Mitgefühl ist wie die Liebe, eine verwandelnde Kraft, die es dir ermöglicht, die Wahrheit hinter dem Schein zu erkennen. Umso mehr Mitgefühlssituationen du begegnest, umso mehr

verstärkt sich dein Mitgefühl. Mitgefühl ist etwas gutes, nur steigere dich nicht zu sehr hinein.

Ist unser Leben Schicksal oder Bestimmung?

Es ist meiner Meinung nach Bestimmung. Du suchst es dir selbst aus. Auch die negativen Situationen, an denen du wachsen kannst.

Hm… also ist negatives gar nicht so schlecht?

Du lernst aus den negativen Situationen. Außerdem welche Situation ist negativ und positiv. Das liegt ja wieder ganz alleine daran, wie du es betrachtest.
Kennst du Goethe?

Ja.

Er sagte einmal: „ Wie es auch sei, das Leben ist gut."
Positiv zu sein, bedeutet nicht sich alles gefallen zu lassen. Du darfst deine Meinung ruhig sagen, aber lasse auch die Meinungen von Anderen gelten.

Heute bekomm ich aber viele Informationen von dir. Ich finde das alles sehr interessant, wäre früher nie auf solche Ideen gekommen.

Es sind keine Ideen, sondern Weisheiten, liebe Surina.
Wahre Positivität fordert eine Ausrichtung, die das annimmt, was ist. Vermeide destruktive Gedanken,

Handlungen und Worte, falls erforderlich, arbeite an Lösungen.

Wie kann ich gut und böse unterscheiden?

Hier handelt es sich nur um eine Wertung. Gut ist Positiv und Böse ist Negativ.

Wie gehe ich mit anderen Menschen um? Oft spüre ich, da ist so viel Negatives und ich möchte am liebsten davon rennen. Doch aus Höflichkeit bleibe ich stehen.

Meistens hörst du bei den ersten Worten deines Gegenübers, ob es für dich passt oder nicht. Wenn es passt ist es wundervoll und du kannst ein schönes Gespräch führen. Jedoch, wenn es nicht passt, dann sage bestimmt, aber höflich. Das du jetzt weitergehen möchtest. Wünsche deinem Gegenüber einen wundervollen Tag und gehe langsam davon.

Das werde ich nächstes Mal ausprobieren. Weist schon, die Frau Müller, die textet mich immer zu mit ihren Geschichten, die mich gar nicht interessieren.

Super, da kannst gleich üben.

Surina begann zu lächeln und stellte sich Frau Müller vor.

Ich möchte dir ein kleines Gedicht von Goethe sagen.

Wär nicht das Auge sonnenhaft,
die Sonne könnt es nie erblicken.
Läg nicht in uns Gottes eigene Kraft,
wie könnt uns Göttliches entzücken?

Das ist wunderschön liebe Seele, doch was soll es mir sagen, daraus werde ich nicht schlau.

Du sollst daraus auch nicht schlau werden, sondern es einfach lesen und auf dich wirken lassen. Lass es einfach da sein.

Tja, Surina wusste so gar nichts damit anzufangen. Wieder so ein intelligenter Spruch, was sich die Seele nur dabei dachte? Oft fühle ich mich so abhängig, besonders von Thomas.

Du hast einen freien Willen. Jedoch setzt du ihn nicht ein, schade. Klar putzt und kochst du, die Kinder wollen auch versorgt sein. Jedoch was möchtest du?

Einfach meine Ruhe.

Dann gönne dir, diese Ruhepausen.

Super liebe Seele, ich möchte jetzt eine kleine Ruhepause einlegen. Deine ganze Information ist sehr interessant, aber auch anstrengend.

Du hast gelernt, ich bin stolz auf dich.

Surina nahm sich ein Kissen und kuschelte sich aufs Sofa. Es war herrlich warm, sie spürte eine Sanftheit, ein kribbelndes Gefühl in ihrem Körper. Versunken in ihrem eigenen Körper, kehrte sie kurze Zeit später wieder in den Raum zurück. Sie schaute sich um, langsam kam sie in das Jetzt zurück.
Bist du da?

Du kannst komische Fragen stellen, wo soll ich denn sein?

Wie mache ich das, keine Zeit mehr erschaffen?

Erkenne, dass dein Leben im Jetzt stattfindet. Das Jetzt solltest du in den Mittelpunkt deines Lebens stellen. Du hast dein Jetzt immer kurz besucht, jetzt versuche, falls es nötig ist, die Vergangenheit und die Zukunft nur kurz zu besuchen. Sage JA zum gegenwärtigen Moment.

Der gegenwärtige Moment ist manchmal furchtbar, einfach schrecklich.

Er ist, wie er ist. Der Verstand benennt ihn so, schaue durch dein tiefes Selbst, das verzehrt die Wahrnehmung nicht. Vielleicht hatte dein Partner einen Unfall und liegt im Krankenhaus, anstatt dir auszumalen, was alles in der Zukunft geschehen könnte, bleibe im Jetzt. Dein Partner wird es dir danken, denn somit schenkst du ihm Energie, Liebe und Freude. Was meinst du hilft besser zur Genesung, Liebe oder Sorgen.
Sage JA zum Leben und beobachte wie sich dein Leben verändert.
Ich habe vor einiger Zeit vom Schmerzkörper geredet, jetzt möchte ich darauf eingehen.

Sei mir nicht böse, du erklärst mir alles so toll, aber ich brauche eine Pause. Bitte sei nicht böse.

Gerne das tut mir auch gut, mache es dir bequem, meditiere oder beobachte einfach was ist.

Surina kuschelte sich in die Decke und versuchte zu atmen und ihre Körperteile zu spüren
Die Seele freute sich, endlich konnte sie sich zurücklehnen und einfach da sein, ohne das Karussell. Ja wo war das Karussell in Surinas Kopf, seit sie auf der Hütte waren, hatte es sich nicht einmal gemeldet. Noch eine Bereicherung für die Seele.

Hallo bist du da? Ich möchte gerne wissen wie ich mich von den Schmerzen der Vergangenheit befreien kann.

Du hast viel Schmerz erlitten in der Vergangenheit und das ist ein negatives Energiefeld. Es ist ein unsichtbares durchsichtiges Wesen in deinem Körper, so ähnlich kannst du es dir vorstellen. Der Schmerzkörper kann ruhig sein oder aktiv. In einem sehr unglücklichen Menschen ist er die meiste Zeit aktiv. Ein Gedanke kann ihn erwecken oder die Bemerkung eines anderen Menschen. Dein Schmerzkörper kann dich selbst angreifen, aber auch andere Menschen. Achte auf folgende Zeichen in deinem Körper, Ungeduld, finstere Stimmung, Wut, Depression, Angst, auch auf den Wunsch jemanden zu verletzten. Dies alles kann dein Schmerzkörper sein. Also jede Art von negativer Regung in deinem Körper, deutet auf deinen Schmerzkörper hin. Er kann nur durch dich leben und muss seine Nahrung durch dich bekommen. Er lebt von allen negativen Zuständen ob Krankheit, Ärger oder, oder. Sobald er Macht über dich hat, wird er Situationen erschaffen die ihm Nahrung geben. Jetzt kommt es darauf an, bist du im Denken verankert, dann ernährt sich dein Schmerzkörper und schickt dir noch mehr Schmerzen.
Bist du frei vom Denken im Jetzt, dann bekommt er keine Nahrung mehr.
Der Schmerzkörper möchte nicht, dass du ihn anschaust, dein Bewusstsein erträgt er nicht. Das ist zu viel Licht und würde ihn vernichten. Werde Beobachter deines Schmerzkörpers.

Nehme den Schmerzkörper an, sobald er sich meldet, sei ganz im Jetzt und beobachte ihn.
Aber passe auf, der Schmerzkörper wird sich eine Hintertüre suchen, vielleicht in Form von Schmerzen. Bleibe einfach gegenwärtig, bleibe im Jetzt.
Du verwandelst somit Leiden in Bewusstheit.
So noch einmal zusammengefasst: Du bemerkst ein Gefühl, einen Schmerz in dir, beobachte ihn und erkenne, dass es der Schmerzkörper ist, Nehme diesen genau so an wie er ist. Denke nicht darüber nach, sondern fühle es. Urteile nicht, sei einfach Beobachter, von dem, was in dir vorgeht.
Richte auch einen Teil deiner Aufmerksamkeit auf dein reines Sein und schaue was geschieht.
Rechne vor allem in der Anfangszeit mit heftigem Widerstand
Nur du selbst kannst das tun, es kann niemand für dich tun.
Liebe Surina für heute möchte ich das beenden, vielleicht magst du noch ein bisschen was essen.

Ja gerne!
Sie bereitete einen Salat zu mit einem Senfdressing und eine Scheibe Brot dazu. Köstlich, ganz langsam und bewusst aß Surina und schenkte ihrem Inneren ein Lächeln. Wie einfach das war, nur wie würde es zu Hause weitergehen, die Woche war schnell um, konnte Surina das alles so umsetzen? Sie fing leise zu kichern an, hatte sie sich doch erwischt in der Zukunft zu sein. Jetzt aß sie ihren Salat, sie genoss jeden

Bissen, schaute auf die bunten Farben. Das Grün des Eissalates, das Rot der Paprika, das Grün der Gurke, das Gelb der Maiskörner, das Grau der Kürbiskerne. Sie sah auf das Salatdressing das in der Schüssel schimmerte. So bewusst hatte Surina noch nie gegessen.
Sie ging noch duschen, zog sich einen gemütlichen Schlafanzug an und kuschelte sich in die Kissen. Sie fühlte ihren Körper, war da irgendwo der Schmerzkörper? Sie konnte nichts entdecken und schon ratterten die Gedanken los. Sie wurde zum Beobachter und der Boss im Kopf hörte schnell auf. Atmen hatte die Seele gesagt, also einatmen und ausatmen. Der nächste Gedanke in Anmarsch, doch Surina war so gegenwärtig, das auch dieser keine Chance hatte. Sie wollte noch eine kleine Meditation machen und ging so tief wie möglich in ihren Körper. Fühlte ihre Körperteile, zuerst die Füße. Es kribbelte, sie spüre viel Energie in ihren Füssen. Doch sie schaffte nicht alle Körperteile, so müde war sie. Surina träumte von einer bunten Blumenwiese mit vielen Schmetterlingen, es war ganz hell und leuchtend.
Sie schlief wie ein Murmeltier, tief und fest.
Die Seele konnte es kaum fassen, nach so kurzer Zeit, hatten sie schon so viel geschafft. Zuerst dachte sie, die Zeit würde hier oben in

den Bergen nicht reichen, aber nun war sie guter Dinge. Surina setzte doch vieles schnell um.
Am nächsten Tag regnete es, genau so wie am Vortag. Super dachte sich die Seele, heute machen wir eine Wanderung im Regen ich liebe es, habe es schön trocken hier drinnen, grins.
Surina stand um acht Uhr auf, eilte ins Bad, putzte ihre Zähne und saß nach drei Minuten unten auf der Decke.
Guten Morgen, wir können weitermachen!

Guten Morgen, erst einmal wird gefrühstückt.

Oh das hatte sie ganz vergessen.
Eine Tasse Kaffee und ein Marmeladenbrot, plötzlich erinnerte sich Surina, gegenwärtig sein. So aß sie ihr Brot vollkommen im Jetzt, trank jeden Schluck Kaffee sehr bewusst. Herrlich, was würde sie wohl heute alles lernen?
Fangen wir jetzt an?

Ja gerne, schlüpfe in deine Regenjacke und deine Bergschuhe, wir werden wandern.

Hast du schon einmal aus dem Fenster gesehen?
Seele schau aus dem Fenster!
Surina kugelte sich vor lachen.

Ich habe aus dem Fenster gesehen, es regnet na und.

Du willst echt im Regen da raus? Jetzt dämmerte es Surina, hei das ist unfair. Ich werde pitsche nass und du bleibst trocken.

Ja, so ist das meine Liebe, also los jetzt anziehen.

**Die Seele schüttelte sich vor lachen, so lustig war es selten. Bisschen gemein war sie ja schon, denn sie wünschte sich noch mehr Regen, richtig schütten sollte es.
Ok ich bin fertig, obwohl ich gar keine Lust habe.**

Was habe ich dir gelernt, nimm den Moment wie er ist. Also los!

Ja, ich nehme den Moment wie er ist, obwohl ich es nicht mag. Macht das einen Sinn?

Nein das macht überhaupt keinen Sinn, aber du willst lernen und üben, das macht Sinn und wenn du nicht willst, dann bleiben wir da.

Nein, es passt schon, ich bin nicht aus Zucker. Wohin gehen wir?

Atme ein paar Mal tief ein und aus, falls Gedanken kommen beobachte diese, sei ganz gegenwärtig. Schließe nun deine Augen und bleibe für einen

Moment einfach so stehen. Jetzt öffne die Augen und gehe los, Schritt für Schritt, ganz bewusst.

Surina hatte kein Ziel vor Augen, nur ihre Schritte. Sie spürte den Regen, der auf ihre Jacke trommelte. So ging und ging sie, in einem kleinen Waldstück hielt sie Inne.
Hier ist es wunderschön.

Traumschön!

Ich würde gerne ein bisschen hier bleiben.

Ich auch! Schaue dir bewusst die Umgebung an, ohne diese zu benennen. Schaue auf die Bäume, benenne sie nicht, sondern fühle einfach. Lass es einfach zu. Einen Teil deiner Aufmerksamkeit lenkst du in dein wahres Sein, tief in dir. Bleibe so lange wie es für dich stimmig ist.

Surina stand lange Zeit ganz still und beobachtete, sie befand sich im Jetzt.
Gehen wir ein Stück weiter?

Ja!

Sie ging so bewusst wie nur möglich einen steilen Weg hinauf, kraxelte über einige Felsen. Sie spürte die Felsen an ihren Händen, mit denen sie sich festhielt. Der Himmel war grau in grau und es regnete immer mehr und mehr.

Oben angekommen stand Surina vor einem kleinen Bergsee.
Wie schön! So schön!

Psst, sei gegenwärtig, benenne nichts. Genieße einfach was du siehst, was du hörst und was du fühlst.

Surina sah das Schimmern des Wassers, kleine Kreise von den Regentropfen, einen alten Baumstamm der im See lag, die Wassertropfen auf ihrer Jacke, die grauen Wolken am Himmel, viele Nadel- und Tannenbäume, eine Blumenwiese, eine Holzbank und eine leere Coladose. Sofort meldete sich der Verstand, wie können Menschen der Natur so etwas antun und die Dose einfach hier wegwerfen?

STOP
Du bist nicht dein Verstand, schaue die Dose an ohne diese zu bewerten, es ist jetzt einfach so wie es ist, du kannst es nicht ungeschehen machen. Wir werden die Dose mitnehmen zur Hütte und entsorgen.

Gute Idee, danke liebe Seele.
Surina betrachtete die Coladose ohne eine Geschichte daraus zu formen. Sie stand lange Zeit so da und sah alles an, ganz still und ruhig.

Sie hörte etwas kratzen hinter den Bäumen.
Ein Flugzeug flog am Himmel Richtung Süden.
Sie hörte die Vögel zwitschern, die sich Schutz in den Ästen der Bäume suchten..
Sie entdecke Ameisen und einen Regenwurm.
Sie fühlte in ihrem Körper, eine Liebe für alles was war, sogar für die Coladose. Sie spürte eine Liebe und Stille, es war wie im Traum.
Die Zeit verging und es wurde bald Abend.

Surina wir gehen jetzt, wir haben noch einen kleinen Weg vor uns.

Ja, ich komme, sie bückte sich und hob die Coladose auf, diese steckte sie in einen kleinen Beutel. So dachte sie, jetzt ist es hier wieder schön sauber.
Sie beeilte sich ein bisschen und kam im Dunkel in der Hütte an. Ihre Hose war durchnässt, aber das war egal, sie fühlte sich großartig. So leicht so frei.
Als sie in der Dusche stand lies sie das warme Wasser bewusst über ihren Körper fließen, es fühlte sich so angenehm an.
Früher hatte sie geduscht um sauber zu sein.
Jetzt war das ganz anders, sie duschte bewusst und machte das Duschen zu einem Erlebnis.

Guten Morgen Faulpelz! Ein neuer Tag, ein neues Jetzt.

Ich habe noch so viele Fragen liebe Seele.
Welcher Tag ist heute? Ein Fragetag, oder
Wandertag oder Meditationstag oder?

Suche es dir aus Surina, ganz wie es für dich stimmig ist.

Hm...., ich möchte gerne einen Fragetag.

Das passt gut, denn ich möchte dir auch noch so viele Antworten geben.
Frühstück?

Ja gerne!
Surina legte ihre Decke auf den Fußboden, bereitete alles gemütlich vor, frühstückte und zündete eine Kerze an.

Wow, heute wird es ja besonders gemütlich!

Surina grinste, ja heute ist ein besonderer Tag.

Darf ich erfahren was so besonders ist?

Ich werde heute noch viel mehr lernen, über das Leben, das Sein, über mich und vielleicht auch etwas über dich.

Das hört sich doch gut an, also los, magst du die erste Frage stellen?

Surina atmete, schloss die Augen und ging tief in ihren Körper. Sie spürte in sich hinein, ohne Gedanken.
Ich glaube ich darf noch viel lernen, bevor ich das alles so umsetzen kann. Mir bereitet es eine große Freude, zu üben und zu lernen. Doch ich habe Zweifel, Zweifel ob ich es schaffe, ob ich.........

STOP
Du bist wieder einmal in der Zukunft und du solltest in der Gegenwart sein. Das hat nichts mit unhöflich zu tun, denn normalerweise lasse ich dich aussprechen. Das STOP soll eine kleine Hilfe sein, damit du schneller merkst, dass du nicht im Jetzt bist.

Gute Idee, danke.
Ich suche mich im Verstand, wie kann ich mich viel tiefer finden?

Du kannst die Probleme mit deinem Verstand nicht auf der Verstandesebene lösen, sondern viel tiefer in dir selbst. Ich glaube du hast den Grund, wie dein Verstand tickt schon begriffen. Du brauchst dazu nichts weiter als deine Aufmerksamkeit, deine Bewusstheit und es wird ganz einfach, dich in der Tiefe zu sehen und nicht mehr im Verstand oder im Ego. Es bedeutet nicht, dass du dich selbst verlierst, denn du bist nicht das Ego oder der Denker, es bedeutet, dass du dich zu einer ganz anderen Dimension hinbewegst. Erkenne einfach, wenn der Verstand plappert, oh ich bin

unbewusst. Das schließt natürlich auch die Emotionen mit ein. Wenn du das erkannt hast, trittst du heraus und bist gegenwärtig. Der Verstand ist ein wunderbares Werkzeug, nur wenn du dich mit ihm identifizierst, hat er die Macht über dein Leben. Wenn du das übst, wirst du automatisch viel tiefer in dich gehen.
Beende die Illusion von Zeit. Zeit und Verstand gehören zusammen, beendest du die Zeit, hält dein Verstand an, bis du dich entscheidest, ihn zu benutzen.

Was bedeutet Zeit?

Zeit bedeutet du bist andauernd in der Vergangenheit oder Zukunft. Du wirst immer erinnert wie es war und du erwartest, dass es in der Zukunft besser wird. Zeit hat nichts mit dem Jetzt zu tun. Erlaube dem gegenwärtigen Moment zu sein und die Zeit hält an.

Ich finde Zeit kostbar, denn ich verbringe Zeit mit meiner Familie, oder ich nehme mir Zeit zum Meditieren. Warum sollte ich die Zeit ausblenden, sie erscheint mir sogar sehr kostbar.

Zeit ist nicht kostbar, sie ist eine Illusion. Dir erscheint Zeit kostbar, nein, nur das Jetzt ist kostbar. Konzentriere dich auf das Jetzt, sonst verpasst du es. Du hängst viel zu sehr an der Vergangenheit und Zukunft.

Warum ist das Jetzt so kostbar?

Weil es das Einzige ist, was es gibt. Jetzt ist Leben. Es ist der einzige Zugang zum formlosen Sein.

Ich verstehe das nicht so wirklich. Die Vergangenheit hat mich zu dem gemacht wer ich bin. In der Zukunft habe ich Pläne, also muss ich in diese Richtung gehen um sie zu verwirklichen.

Planen, falls es sein muss, dagegen ist nichts einzuwenden. Auch wir haben unseren Aufenthalt hier in der Hütte geplant. Pläne wirst du immer wieder haben, oder Termine, da darfst du auch in die Zukunft gehen. Aber wenn du einen Termin hast z.B. in drei Wochen, dann ist es gut. Dann verweile wieder ganz im Jetzt.
Nichts wird je in der Zukunft geschehen, es wird im Jetzt geschehen.
Die Vergangenheit gehört zu dir, das stimmt, aber auch da war immer Jetzt, weil es gar nicht anders sein kann. Du kannst dich ruhig einmal erinnern, an ein schönes Erlebnis, aber bewerte es nicht, sei ganz aufmerksam, denn es ist vergangen.
Nichts ist je in der Vergangenheit geschehen, es geschah im Jetzt.
Du kannst das nicht mit dem Verstand erfassen, sondern nur in der Stille des Seins.

Wie ist das mit den Kirchen? Ich bin katholisch aufgewachsen und nun ohne

Glaubensbekenntnis, bin ich deshalb ein schlechter Mensch?

Es spielt keine Rolle, welcher Religion man angehört, oder ob man gar keine hat. Es ist immer Jetzt.

Als wir gestern an dem kleinen Bergsee waren, da schien es keine Zeit zu geben, alles war so leuchtend, so friedlich. Werde ich diesen Zustand jetzt öfter spüren?

Du hattest einen kurzen Einblick in dein wahres tiefes Sein. Du warst voll gegenwärtig und einfach da. Auch hier ist es ganz einfach, sei so oft wie möglich gegenwärtig, beobachte deinen Denker, deine Emotionen und werde eins mit allem was ist. So wirst du immer öfter die Stille und Ruhe in dir fühlen.
Versuche deine Aufmerksamkeit von Zukunft und Vergangenheit abzuziehen. Sei ganz wachsam, immer wenn du merkst, oh da ist der Gedanke an die Vergangenheit, dann kehre in die Gegenwart zurück, das bringt dich tiefer und tiefer.
Beobachte deine Reaktionen auf verschiedene Ereignisse. Das bringt dich auch tiefer in dein Sein. Werde zum stillen Beobachter.
Es werden wieder Situationen in dein Leben treten, in denen du Angst hast oder dich schlecht fühlst. Nutze diese noch tiefer in dich zu gehen, indem du sehr bewusst bist. Rechtfertige dich nicht, setze auch keinen anderen ins Unrecht, verteidige dich nicht und greife keinen an. Das ist dein Verstand

der hier ganz böse mitspielt. Atme, und beobachte, was dein Verstand sich da zusammen reimt. Sei ganz aufmerksam und gegenwärtig und versuche einen Teil deiner Aufmerksam in deinem Körper zu spüren. Das wird dir helfen, dich vom Verstand abzuziehen und ins Jetzt zu kommen.

Welche Bedeutung hat Geld für dich?

Geld benötigst du um ein Dach über dem Kopf zu haben, also damit du die Miete bezahlen kannst. Um dir essen zu kaufen, damit du es warm hast im Winter, für Heizkosten. Also Geld ist nötig für die Dinge, die dein physischer Körper zum Leben braucht. Doch ihr Menschen seid komplett verrückt, ihr wollt immer mehr und mehr. Hat der Nachbar ein neues Auto, braucht ihr noch ein schöneres und besseres. Urlaub nur vom Feinsten und damit meint ihr, das ist Leben, das macht glücklich. Für einen kurzen Moment mag das so sein, nur danach wollt ihr noch mehr, denn es reicht nicht. Ihr nehmt noch einen Nebenjob an um genug Geld zu haben, doch genug ist es nie. Ihr rennt da etwas hinterher, das ihr nie einholen könnt. Denn wenn ihr genug Geld habt und Euch alles geleistet habt, dann wisst ihr nicht mehr weiter. Was sollen wir jetzt tun, wir haben ja alles. Das ist krank.
Geld ist notwendig, für den Lebensunterhalt und nicht mehr, dass heißt nicht du sollst dir jetzt nichts mehr gönnen. Gönne dir gerne einmal eine kleine Freude, sei es eine Tasse Tee.
Freude ist für mich etwas ganz anderes. Ich freue mich, über die Luft, die ich zum Atmen habe. Über die Sonne, die alles wachsen lässt. Über den

Mond, der die Nacht erhellt. Über die funkelnden Sterne am Himmel, die ich beobachten kann. Über ein Essen auf meinem Teller, damit ich keinen Hunger leiden muss. Also was braucht man mehr? Viel wichtiger wäre es, sich um sich selbst zu kümmern. Dein Auto fährst du zum TÜV, damit auch ja alles in Ordnung ist. Wie ist es mit deinem Körper, wann wurde hier der letzte TÜV gemacht, oder wurde überhaupt schon einmal tiefer geschaut? Es ist wichtig auf seinen Körper zu schauen und zu hören, man bekommt genug Warnsignale gesendet, doch irgendwann ist es zu spät.

Hängen Probleme nicht von verschiedenen Situationen ab?

Probleme hängen davon ab, wie du sie bewertest. Es ist ja wieder so schlimm, ich bin so arm. Schon bist du in deinen Emotionen gefangen und es geht weiter, mit Negativität. Der Verstand schickt dir den Rest den du benötigst.

Ich glaube das nicht, dass ich irgendwann frei von Problemen bin.

Das brauchst du auch nicht zu glauben, denn irgendwann liegt in der Zukunft und da wird es nicht geschehen. Es kann nur Jetzt geschehen.

Du redest immer von Tiefe, ich würde diese Tiefe gerne finden. Aber ich meine nicht diese

oberflächliche Tiefe, sondern die ganz tiefe Tiefe.
Surina begann zu Lächeln, ganz tiefe Tiefe.

Die erfährst du, wenn du alles so lässt wie es ist, denn es ist immer Jetzt.

Mein Leben ist nicht immer einfach, ich kann es doch nicht immer nur positiv sehen, oder?

Dein Leben ist immer einfach, denn es findest im Jetzt statt. Es ist deine Lebenssituation die dich beschäftigt. Deine Lebenssituation existiert nur in der Zeit. Die Lebenssituation ist eine Einbildung des Verstandes. Dein Leben ist wirklich.
Reduziere dein Leben auf diesen einzigen Moment. Sei ganz da, schaue dich um, Sieh Farben, Konturen, das Licht, aber benenne nicht. Sei dir des Raumes bewusst, in dem die Gegenstände existieren.
Jetzt höre, höre die Stille, die alle Geräusche umgibt. Höre zwischen den Worten die Stille.
Jetzt berühre etwas und fühle, wie fühlt es sich an? Rau oder glatt, weich oder hart? Benenne nicht fühle nur.
Jetzt spüre deinen Atmen, fühle die Lebensenergie in deinem Körper. Erlaube allem zu sein, fühle wie du dich tiefer in deinen Körper hinein bewegst.
Du lässt Zeit und Verstand hinter dir.

Surina atmete ganz leicht, sie lag auf der Decke und hatte ein Kissen in den Händen.

Ein tiefes Jetztgefühl durchflutete sie, so musste es im Himmel sein.
Surina war eingeschlafen, ein Schlaf im tiefen Sein.
Die Seele war zufrieden, ihre Arbeit hatte sich gelohnt, war ja auch nicht immer einfach. Jetzt, genau jetzt ist ein traumschöner Moment, in dem bleibe ich, dachte sich die Seele.

Halli hallo, aufwachen, du verschläfst den Tag. Wollen wir noch ein bisschen weiterüben?

Surina strecke und reckte sich und öffnete ganz langsam die Augen. Sie lächelte und stellte sich ihre Seele als Stern vor der leuchtete und neben ihr saß.
Wie siehst du eigentlich aus?

So eine Frage würdest du nicht stellen, wenn du voll gegenwärtig wärst. Aber damit es dein Verstand begreifen kann, stelle dir einfach einen Stern vor der hell leuchtet.

Genau so habe ich es mir gedacht.
Die Seele schmunzelte, und dachte: Klar weis ich doch!
Wie kann ich Dinge tun, die mir keine Freude machen, die aber trotzdem getan werden müssen? z.B. die Spülmaschine ausräumen oder bügeln.

Sei gegenwärtig, egal was du tust, egal ob es dir Freude bereitet oder nicht.
Frage dich, ist Freude in dem was ich tue? Wenn es nicht so ist, bist du mit der Zeit verhaltet. Alles Tun wird dann als Last empfunden.
Gibt deinem Tun die volle Aufmerksamkeit, sei ganz bei der Sache.
Tue alles, auch wenn es sich um eine Sache handelt die du nicht magst, mit Freude und Leichtigkeit.
Sei ganz da und akzeptiere den Moment. Sei einmal ehrlich, lieber räumst du doch eine Spülmaschine mit Freude aus, als mit einer großen Last?

Stimmt!

Habe keine Erwartungen mehr, denn diese befinden sich immer in der Zukunft. Sei gegenwärtig und einfach da.

Ich freue mich immer, wenn ich etwas tue und Thomas sagt, hei das hast du gut gemacht. Jetzt glaube ich, es ist gar nicht nötig nach Aufmerksamkeit zu streben und es Allen Recht machen zu wollen.

Recht machen, geht so wie so nicht. Der andere Mensch sieht es meist anders als du, also würdest du nur versuchen es Recht zu machen. Falls du Aufmerksamkeit bekommst fühlst du dich gut, aber nicht für lange, dann strebst du zu den nächsten Taten und willst wieder Aufmerksamkeit, doch

dieses Mal gibt sie dir keiner. Du fällst in ein Loch, es ist schlimm, du bist wütend. Das Ganze geht von vorne los. Lass die Menschen wie sie sind, egal wie sie dir gegenüber treten. Du musst nicht mit allen Menschen gut auskommen, aber du kannst sie einfach so lassen wie sie sind.
Ich habe erlebt, dass Menschen, wenn sie sich auf einen spirituellen Weg begeben, viele so genannte Freunde verlieren. Es waren Freunde, jetzt kommen andere Menschen in ihr Leben, ich nenne sie, Wegbegleiter. Das Leben geht weiter und weiter und es verändert sich ständig. Verlange nicht, dass Situationen, Umstände oder andere Menschen, dich glücklich machen sollen. Suche nicht in der Welt der Formen, sondern gehe in die Tiefe des Seins.

Wenn ich alle Dinge, Menschen und Situationen akzeptiere, was ändert sich in meinem Leben? Ich bin ja weiterhin hier auf der Erde und dem Allen ausgesetzt.

Du darfst diese Wahrheit des Annehmens leben. Sonst bist du weiterhin gefangen in der Welt der Formen. Fühle in jeder Zelle deines Körpers Lebendigkeit, dann wirst du frei von Zeit und somit frei von den Formen des Lebens. Der Verlust des Jetzt ist ein großes Problem für die Menschen und so auch für dich. Versuche frei von Zeit zu werden, wenn du dies schaffst, bist du frei von Vergangenheit und Zukunft. Die Vergangenheit gibt dir eine Identität und die Zukunft verspricht dir, dass alles besser wird. Lass das einfach los. Du benötigst es nicht, es gegenwärtig, einfach da.

Du darfst daran arbeiten Surina, eine Arbeit die sich lohnt.

Ja, ich weis, ich habe es schon gefühlt, frei von Vergangenheit und Zukunft zu sein. Ein himmlisches Gefühl.

Bewerte das Gefühlt nicht, lass es einfach da sein. Werde dir bewusst, wenn du in der Gegenwart bist, aber auch wenn du in der Vergangenheit oder Zukunft bist. Schweife hin und her zwischen den Zeiten. Anfangs werden diese Einblicke kurz sein, mit der Zeit werden sie immer länger. Wenn du weiterhin in der Vergangenheit oder Zukunft unterwegs bist, wirst du eine Unzufriedenheit spüren. Langeweile kommt auf oder Stress, du wirst beherrscht von Angst oder Wut. Bleibe in der Gegenwart und langsam löst sich alles auf, was dir Leiden schafft.

Oft bin ich unglücklich, z.B. wenn Max eine schlechte Note nach hause bringt. Ich kann doch nicht einfach so tun, als sei dies in Ordnung.

Sei ganz gegenwärtig in solch einer Situation. Akzeptiere es, in diesem Moment kannst du Note nicht verändern. Atme, spüre deinen Energiekörper, dann rede mit Max. Es ist eine ganz andere Art zu sprechen, wenn du bewusst im Jetzt bist, als wenn du einfach drauf los schimpfst. Verstehst du was ich meine?

Ja, ich verstehe dich.
Wie kann ich frei werden, vom Unglücklichsein?

Du tust etwas und ärgerst dich, z.B. deine Arbeit, oder du hast für irgendetwas zugestimmt, was du gar nicht magst, ein Teil von dir lehnt es ab, also entsteht Widerstand. Beobachte diesen Widerstand, es kann auch ein Widerstand gegenüber Personen sein. Du machst den gegenwärtigen Moment zu deinem Feind. Es ist vollkommen unwichtig, ob du die Situation, wie diese gerade ist magst oder nicht, sie ist wie sie ist. Du hast nun zwei Möglichkeiten, entweder du beendest die Situation oder du bist ganz gegenwärtig und akzeptierst das Jetzt. In dem Moment wo du akzeptierst, dass es so ist, verändert sich die Situation und du kannst deine Arbeit oder dein Gespräch im Jetzt fortsetzen.
Setze deine Energie für den gegenwärtigen Moment ein, nicht für das Negative. Sonst erhältst du noch mehr Negativität.

Wie kann ich Negativität loslassen?

Wie lässt du ein Stück heiße Kohle los? Indem du sie einfach loslässt, genau so einfach ist es auch mit der Negativität, einfach loslassen.

Puh......, also immer gegenwärtig sein und wenn ich in eine Situation komme die mir Angst macht, dann einfach akzeptieren, dass es in diesem Moment so ist. Die Situation verlassen und im Jetzt sein. Habe ich das so richtig verstanden?

Egal was ist, mit wem du wo bist, sei immer gegenwärtig.
Beobachte dich genau, vielleicht erwischt du dich beim Klagen oder Schimpfen. Vielleicht erwischt du dich, wie deine Gedanken über eine Situation schimpfen, vielleicht weil Leute etwas sagen oder tun, das dir nicht gefällt. Verlasse die Situation, wenn nötig, beobachte deine Gedanken und Emotionen und sei ganz gegenwärtig.

Oft mache ich mir Sorgen, vielleicht verletzt sich Max beim Fußballspielen, oder Sophie passiert etwas, sie wird entführt. Auch bei Thomas mache ich mir Sorgen, vielleicht hat er einen Unfall, ist schwer verletzt. Ich stehe oft am Fenster und schaue, erst wenn alle zu Hause sind bin ich erleichtert. Wie kann ich mit diesen Sorgen umgehen?

'
Sorgen sind eine Interpretation des Verstandes und diese befinden sich in der Zukunft, weil diese ungewiss ist. Denn es ist immer Jetzt. Dein Verstand redet, was wäre wenn, er macht dir somit Angst. Es gibt da keinen Weg mit solch einer Situation umzugehen, weil es diese Situation gar nicht gibt. Dein Verstand redet sie dir nur ein. Beende diesen Wahnsinn!
Atme ein und aus, sei dir des Atems bewusst. Sei ganz im Jetzt.

Du wirst bald erkennen, hier bin ich und da ist mein Verstand, meine Gedanken, also mein Ego.

Wie ist es mit Stress? Ich habe so vieles zu tun und habe Angst, dass ich es nicht schaffe.

Wenn du Stress spürst, bist du in der Zukunft, denn dort willst du ja alles auf einmal erledigen. Erledige eines nach dem anderen, sei gegenwärtig, bei dem was du tust. So erledigen sich die Arbeiten viel einfacher und dein Körper kann sich auf wundersame Weise erholen, obwohl du arbeitest.

Ich denke oft, morgen fange ich zu leben an, weil da wird alles besser. Jetzt weis ich, dass es gar nicht funktioniert. Oder ich denke eines Tages, da wird alles besser. Das geht gar nicht, oder wie siehst du das?

Die Zukunft erscheint dir immer besser, weil du mit dem gegenwärtigen Augenblick nicht zufrieden bist. Aber es gibt nur das Jetzt. Das nenne ich die wartenden Menschen, wie viel Zeit möchtest du mit warten verbringen, bis du endlich anfängst zu leben?

Du hast Recht, ich warte viel zu oft. In Zukunft möchte ich leben.

Oh je Surina, du bist einfach, ja was bist du denn?
Ich mag dich so wie du bist.
In Zukunft möchtest du leben, warum nicht Jetzt?

Oh, habe ich Zukunft gesagt?

Ja, hast du.
Es gibt da ein tolles Sprichwort: Wenn nicht Jetzt, wann dann?

Soll ich Ziele im Leben haben?

Ein Ziel zu haben ist manches Mal sehr hilfreich. Deshalb sind wir hier auf der Hütte, das war unser Ziel. Jedoch was viel wichtiger ist, die Schritte zu gehen im Jetzt.

Ich würde so gerne, einmal etwas tun, also ein großes Ziel erreichen. Nur es funktioniert einfach nicht.

Dein äußeres Ziel, ist ein Spiel.
Viele Menschen erkennen den äußeren Reichtum und spüren innere Armut.
Ein äußeres Ziel, unterliegt der Welt der Formen und verändert sich ständig, deshalb ist es schwer ein Ziel je zu erreichen.
Bleibe in deinem Inneren, dort wo du wirklich bist, da gibt es keine Form die sich verändert, dort ist immer alles gleich.

Oft spreche ich über die Vergangenheit, ich weis das sollte ich nicht und doch kommt das immer wieder, dieses plappern über Dinge die so schlimm waren. Wie kann ich damit besser umgehen?

Wenn du gegenwärtig bist, kann die Vergangenheit nicht überleben. Der Schlüssel ist ganz einfach, sei gegenwärtig.

Wie oder was ist der Zustand der Gegenwärtigkeit?

Es ist nicht das, was du denkst. Du kannst noch so viel nachdenken und doch wirst du nicht gegenwärtig sein. Gegenwärtigkeit erfährst du nur, wenn der Verstand still ist. Sei ruhig, aber wach.
Du hast es erfahren, Surina, oben am Bergsee. Da warst du ganz ruhig und doch sehr wach.
Um diese Gegenwärtigkeit zu erfahren, nehme den Moment an wie er ist, atme, sei einfach da.

Ist Gegenwärtigkeit, dasselbe wie Sein?

Wenn du dir deines Bewusstseins bewusst wirst, dann bist du gegenwärtig. Versuche nicht das zu verstehen, denn sonst bist du wieder unbewusst..

Gibt es Gott?

Ihr Menschen stellt euch Gott als eine Person vor. Deshalb kapieren es auch viele nicht, was es heißt, ich bin göttlich. Alles ist mit allem verbunden, egal was es ist. Die Menschen, die Natur, das Universum und noch vieles mehr. Gott ist in jedem von uns, er ist immer gegenwärtig. Gott ist einfach alles. Du bist ein Teil Gottes. Ein Teil vom Ganzen. Gott ist nur ein Name, den ihr Menschen euch ausgedacht habt. Man könnte ihn genau so

Lebensenergie nennen. Diese Energie ist überall. Ich finde den Namen Gott einfach schön, denn er beschreibt genau und präzise, was alles hier auf Erden ist und ebenso im Himmel, im Universum. Alles ist Energie und somit, alles ist Gott.

Du sprichst vom Sein, vom tiefen Selbst oder vom Innersten. Was ist der Unterschied?

Sein kannst du nicht verstehen. Sein ist kein Objekt des Wissens. Sein ist das ewig gegenwärtige „ich bin", jenseits der Formen.
Um deine Frage zu beantworten, alle drei Begriffe sind dasselbe.
Du könntest auch noch göttlich oder Gott dazu sagen.

Wie kann ich mich am einfachsten mit dem inneren Selbst verbinden?

Versuche es gleich einmal. Schließe dazu deine Augen, das ist sehr hilfreich am Anfang. Sei ganz aufmerksam und fühle deinen inneren Körper. Ich habe dir auch diese Meditation gelernt, wo du in die einzelnen Körperteile gehst und diese spürst. Eigentlich ist es nichts anderes. Jetzt spürst du den ganzen Körper, als reines Energiefeld. Fühle es, ohne nachzudenken. Bleibe so lange es für dich stimmig ist und kehre wieder zurück in die Welt der Formen.
Frage dich bitte Jetzt, wo ist meine Aufmerksamkeit?

Surina schloss die Augen und fragte: Wo ist meine Aufmerksamkeit?
Bei Thomas und den Kindern, wie es denen wohl ergeht?

Siehst du, so kannst du dich auch in die Gegenwärtigkeit bringen, mit dieser Frage. Denn du wirst damit zum Beobachter. Du beobachtest dich, besser gesagt deinen Verstand, was er dir in diesem Moment wieder einreden möchte.

Was bedeutet, das Unmanifeste?

Es ist das gleiche wie Sein.

Manches Mal fällt es mir schwer, in meinen Körper zu kommen. Kennst du einen Trick?

Höre zuerst auf die Atmung. Der Atem wird dich mit deinem Körper in Kontakt bringen. Folge deinem Atem wie er in deinen Körper ein- und ausströmt. Fühle wie sich dein Bauch ausdehnt und wieder zusammenzieht. Du kannst auch deine Augen schließen und dir vorstellen du bist umgeben von Licht, strahlenden leuchtenden Licht. Dann atme das Licht ein und beginne dich auf das Gefühl in deinem Körper zu konzentrieren. Jetzt bist du in deinem Körper.

Wie kann ich meinen Verstand richtig nutzen?

Wenn du deinen Verstand für irgendetwas benutzen musst, dann tue es in Verbindung mit deinem Körper. Einfacher gesagt, immer wenn du eine Antwort, Idee oder Lösung brauchst, höre auf zu denken, gehe zuerst in deinen Körper. Höre die Stille. Jetzt kannst du den Verstand einsetzen, kreativ und frisch. Lasse einen Teil deiner Aufmerksamkeit im Körper.

Mich nervt es immer, wenn andere Personen mir ständig ins Wort fallen. Wie kann ich damit umgehen?

Zuhören ist eine Kunst die viel Aufmerksamkeit erfordert. Höre auch mit deinem Körper zu, indem du einen Teil deiner Aufmerksamkeit in dein Inneres lenkst. So gibt's du der anderen Person Raum, Raum zu sein. Wenn du unterbrochen wirst, dann nehme es so an, die andere Person, weis es nicht besser. Gehe in deinen inneren Körper und werde ganz still. Du strahlst Stille aus und dein Gegenüber wird auch stiller. Versuche nun noch mal zu sprechen, bleibe aber mit einem Teil deiner Aufmerksamkeit in deinem Körper.

Oft reden Menschen so viel Mist, sie plappern einfach darauf los.

Sie sind sehr unbewusst. Deshalb, wenn du etwas sagst, kannst du auch wie folgt vorgehen.
Frage dich: Ist es wichtig? Ist es wahr? Möchtest du auch drauf los plappern oder willst du etwas sagen, dass aus der Tiefe des Seins kommt. Deshalb sei gegenwärtig, atme, gehe in deinen Körper und dann rede.

Du redest immer davon tief in den Körper zu gehen. Ich würde diese Tiefe gerne fühlen. Ich fühle die Energie in meinen Armen und Beinen, aber so die Tiefe, ich weis es nicht, ich glaube, ich spüre sie nicht wirklich.

Mache eine kleine Meditation.
Nimm deine bevorzugte Meditationshaltung ein. Schließe deine Augen und nimm ein paar tiefe Atemzüge. Beobachte deinen Bauch wie er sich ausdehnt und wieder zusammen zieht. Fühle dein inneres Energiefeld, werde dir dessen bewusst. Versuche keine Bilder vom Energiefeld zu haben, sondern konzentriere dich nur auf das Gefühl. Verschmelze mit dem Energiefeld, Bleibe so lange in diesem Gefühl wie es sich für dich gut anfühlt. Kehre langsam wieder zurück, öffne deine Augen. Schaue dir deine Umgebung an, ohne diese zu benennen. Lasse deinen Blick hin- und herschweifen. Bleibe dabei mit deiner Aufmerksamkeit in deinem Körper.

Surina, versuchte diese Meditation in die Tat umzusetzen. Das ist sehr schwer, es gelingt mir immer noch nicht so richtig.

Richtig oder Falsch, gibt es nicht. Du fühlst es im Moment einfach so wie es ist. Mit viel üben, fühlst du es irgendwann ganz anders.

Kannst du mir Chi erklären?

Chi ist das innere Energiefeld in deinem Körper.

Was passiert, wenn ich sterbe?

Es gibt viele Menschen die von Nahtoderlebnissen berichten. Es wird berichtet von einem strahlenden Licht und von tiefen Frieden.
Du bist wahres Sein, was stirbt ist dein physischer Körper. Dein Körper ist nur eine Form, Formen verändern sich. Doch du bist und somit bleibst du für immer und ewig.

Surina, unterbrach und eilte zur Toilette. Sie hatte ja kaum Zeit, alles war so interessant, so spannend. Ob ich mir alles merken kann, ist ja ziemlich viel auf einmal.
Die Sonne schien beim Fenster herein, es schien ein leuchtender sonniger Tag zu werden.

Auf was hast du heute Lust?

Ich möchte noch so viel wissen. Habe immer noch viele Fragen. Hoffentlich langweile ich dich nicht?

Ganz und gar nicht, mir gefällt es, dass du so großes Interesse zeigst. Von mir aus können wir unser Spiel fortsetzen.

Surina lächelte, genau so fühlte sie sich gut. Der Gedanke an dieses Frage- Antwortspiel gefiel ihr.

Mir gefällt der Gedanke und ich soll doch keine Gedanken haben. Liebe Seele wie gehe ich nun damit um?

Diese Freude kam aus deinem Inneren und somit hast du deinen Verstand benutzt und nicht er dich.

Gibt es einen Unterschied zwischen innerem Frieden und Glücklichsein?

Ja, Glücklichsein ist davon abhängig, dass du die Umstände als positiv wahrnimmst. Innerer Friede nicht.

Wie kann ich verhindern, dass Negativität entsteht?

Indem du ganz gegenwärtig bist.

Ich möchte über Krankheit sprechen. Kann ich Krankheiten umwandeln, vielleicht in etwas Positives, oder kann ich sie sogar ganz wegzaubern?

Zaubern kannst du nicht! Aber du kannst eine Krankheit in Erleuchtung umwandeln. Jede Krankheit ist Teil deiner Lebenssituation und hat somit eine Vergangenheit und eine Zukunft. Du musst deine Gegenwärtigkeit aktivieren. Gebe dich der Krankheit ganz hin, lasse sie da sein. Nimm der Krankheit die Vergangenheit und die Zukunft weg. Schaue was passiert.

Du meinst, ich kann meine Rückenschmerzen auflösen indem ich gegenwärtig bin?

Krankheiten entstehen, weil sich dein Körper im Ungleichgewicht befindet.
Du kannst mit deiner Gegenwärtigkeit, deinen Körper ins Gleichgewicht bringen.
Krankheiten erschaffst du immer selbst, kein Anderer ist daran Schuld.
Sei ganz im Jetzt und dein Körper wird sich regenerieren und heilen.
Du schallest somit deine Selbstheilungskräfte ein.

Selbstheilungskräfte?

Ja, du heilst dich selbst, eine wundervolle Gabe.

Kannst du mir das bitte genauer erklären?

Indem du ganz im Jetzt bist, entsteht zwischen dir und deinem Körper, ein Friede, ein Einklang. Du bist eins mit deinem Körper und beginnst dich automatisch zu heilen.

Wie ist es mit der Ehrlichkeit? Weist du, ich bin ein ehrlicher Mensch. Mich hat meine Nachbarin gefragt, wie mir ihr Kleid gefällt. Ich war glaube ich zu ehrlich und habe gesagt, nicht mein Stil. Daraufhin meinte sie, warum denn nicht. Ich habe ihr gesagt, dass mir die Farbe nicht gefällt und der Kragen sieht komisch aus. Danach war sie beleidigt und hat ein paar Tage nichts mit mir geredet. Ich verletze andere Menschen, indem ich ehrlich bin. Das möchte ich nicht, das fühlt sich nicht gut an.

Genau so ist es richtig. Was nützt es dir, wenn du lügst, nur damit deine Nachbarin zufrieden ist. Ich finde Ehrlichkeit sehr wichtig.
So und jetzt ist Schluss mit dem Üben, hast du Lust mit mir ein bisschen an die frische Luft zu gehen?

Gerne, ich komme gleich.
Zack war Surina verschwunden, sie lehnte an der Wand vom Badezimmer und atmete immer schneller und schneller. Was war das hier, eine Übung für das Leben oder ein Blödsinn und sie könnte ihre Zeit viel sinnvoller nutzen. Doch sie hatte viele himmlische Augenblicke erlebt, so wie sie diese nicht kannte.
Also los, nach draußen, ermunterte sie sich selbst.

Hei, da bist du ja. Komm los es wird dir gut tun. Frische Luft, hilft immer und ......

Surina liefen die Tränen über die Wangen. Sie lief nach draußen und meinte, so dem Ganzen zu entfliehen. Immer schneller und

schneller lief sie und lies sich in die Wiese fallen. Ich kann das nicht, ich schaffe es nicht.
Die Seele schwieg, sie lies Surina die Zeit die sie brauchte.
Sie wischte sich die Tränen weg.
Also los geht schon wieder, wohin gehen wir?

Gehe einfach los, einfach Schritt für Schritt, irgendwo wird es dich hinziehen.

So ging sie los, spürte wieder den Boden unter ihren Füssen, es roch nach frischem Gras und am Himmel flogen ganz kleine Wolken vorbei. Als ob diese schwebten und sich veränderten.
Sie stammelte ein leises, Danke. Egal für wen es auch gedacht war, sie wollte sich bedanken für all das was sie erleben durfte.
Liebe Seele bist du da?

Ja, wo sollte ich denn sonst sein?

Ich habe Angst morgen geht es wieder nach hause. Hier geht es mir gut, hier kann ich einfach ich sein. Habe hier keine Pflichten einfach nichts. Aber Morgen wie wird es, wenn ich wieder in gewohnter Umgebung bin? Ich freue mich auf Max und Sophie und auf Thomas, aber ich habe Angst.

Das brauchst du nicht, ich bin immer bei dir. Ich helfe dir.

Danke!

Sie lag im warmen Gras und beobachtete die Wolken. Erkannte viele Gesichter die lächelten, oder auch sehr ernst schauten. Plötzlich kreiste ein großer Vogel über ihr, vielleicht war es ein Adler oder Bussard. Sie konnte es nicht erkennen und doch fühlte sie wieder diesen tiefen Frieden in sich. Sie schloss die Augen und atmete bis sie eingeschlafen war. Als sie erwachte stand die Sonne schon tief am Horizont. Der Himmel eingetaucht in ein rot schimmerndes Licht und die untergehende Sonne wie ein glühender Ball der langsam versinkt. Surina war ganz in diesem Augenblick. Diese Schönheit, diese Anmut ein Farbenspiel. Was war wohl hinter den Wolken und der Sonne? Wie wird es im Universum aussehen, wenn ich erst einmal dort oben bin? Doch schnell kehrte sie in die Gegenwart zurück und genoss die letzten Strahlen der Sonne.

Kommt lass uns hinein gehen.

Sie schlenderte ins Haus und lies sich auf dem Boden nieder. Was war es, ein Traum, ein dummer Gedanke an etwas das es gar

nicht gab. Vielleicht war es auch Wirklichkeit, man konnte doch nicht einfach so fühlen, oder war das möglich?
Sie kuschelte sich in ihre Decke
Die Seele war zufrieden und lächelte in sich hinein.
Der nächste Morgen war gekommen und Surina stand schlaftrunken auf. Sie reckte und streckte sich.
Weist du was, ich will nicht nach Hause, ich möchte noch viel länger hier bleiben.

Wir können das Ganze gerne wiederholen. Mir hat es sehr viel Freude bereitet.

Ich kann mir gar nicht vorstellen, wieso du daran Freude hast. Du erklärst und hilfst und das soll Freude sein?

Ja!

Sie packte alles zusammen, wischte noch das Haus heraus und verabschiedete sich von diesem wundervollen Platz.
Während der Autofahrt war es ganz still. Gedanken huschten von A nach B, was wird sein zuhause. Wie wird das Haus aussehen? Sie fuhr und fuhr, abends stand sie in der Einfahrt ihres Hauses. Keiner bemerkte sie, wo waren die Kinder, wo Thomas?
Langsam ging sie ins Haus, nichts, keiner da.

Sie sah auf die Terrasse, da brannten viele Kerzen. Max, Sophie und Thomas hatten sie erwartet und ihr eine Freude bereitet. Kerzen, Pizza und drei liebe Menschen die ihr um den Hals fielen. Mama erzähle doch, was hast du so lange so allein gemacht? wollte Max wissen. Sofie platzte gleich heraus: Mama morgen geht es zum Shoppen ich brauche ein paar neue Sachen. Thomas stand wie angewurzelt und schaute seine Frau an. Surina wie geht es dir? Er nahm sie einfach in den Arm und sie schmiegte sich an ihn.

So gefällt mir das, ein toller Anfang, das habe ich prima hinbekommen.

Der Abend wurde sehr lange, sie erzählte von dem kleinen Bergsee, von den schönen Spaziergängen und von dem berauschenden Sonnenuntergang.
In der Nacht sagte sie sich immer wieder, bleibe in der Gegenwart, bleibe in deinem Körper. Sei einfach ganz da, sei präsent. Ich schaffe das, ja ich schaffe das.
Sie schlief ruhig und fest, bis am nächsten Morgen der Wecker klingelte und alles wie immer war. Der Alltag hatte sie wieder. Frühstück für die Kinder, Pausenbrote schmieren, Thomas möchte seinen Kaffee und schon war sie im alten Trott.

Also so geht das nicht. Für was habe ich tage- und nächtelang mit dir gearbeitet? Das du jetzt wieder in alten Gewohnheiten festklebst? So sicher nicht!

Sie hörte gar nicht auf ihre Seele und vertiefte sich in die Arbeit, irgendwie schaffe ich das und wenn alle außer Haus sind, dann gönne ich mir eine kleine Auszeit nur für mich.

Wenn das jetzt so weitergeht, ziehe ich hier aus und suche mir einen anderen Körper in dem ich wohnen kann. Schau aus dem Fenster!

Surina ging zum Fenster und sah den wunderschönen blauen Himmel. Genau so sollte es sein. Ein paar Augenblicke und sie war wieder ganz bei sich.
Sie verrichtete die Arbeit sehr bewusst und so klappte es sehr gut.
Als Thomas und die Kinder außer Haus waren, setzte sie sich ins Gras und begann sehr bewusst zu atmen. Sie hatte ein schlechtes Gewissen, soviel Arbeit und sie saß einfach hier und tat nichts.

Ich fühle dein schlechtes Gewissen, das brauchst du nicht zu haben. Genieße diese Atemzüge und gehe dann bewusst an deine Arbeit und du wirst sehen, alles geht viel einfacher.

Danke, dass du immer für mich da bist.

Surina übte jeden Tag ihr neues Bewusstsein. Oft war es anstrengend, doch die Mühe wurde belohnt mit Augenblicken des Friedens und der Liebe.
So ging es ihr besser und besser. Augenblicke des Zweifels, der Not, wusste Sie nun ganz bewusst anzunehmen, zu atmen und einfach da zu sein.
Ihr Leben begann sich komplett zu verändern.
Surina begann bereits morgens im Bett mit einer kleinen Meditation. Es war ganz einfach und doch so wirkungsvoll. Danach stand sie auf und bedankte sich bei jedem Schritt, den sie ins Bad ging. Danke, danke. Bewusst ging Sie zur Toilette, bewusst wusch sie sich ihr Gesicht, bewusst ging sie in die Küche und bereitete das Frühstück zu.
Bewusst begann sie mit der Hausarbeit, alles ging viel einfacher und sie gönnte sich immer Pausen, in denen sie bewusst ein Glas Wasser trank oder einfach in den Himmel schaute.
Sie unternahm tägliche Spaziergänge und beobachtete die Natur.

Hei, ich bin ja bald arbeitslos. Du bist auf einem traumschönen Weg.

Ach, weist du liebe Seele, ich darf noch viel lernen. Ich fühle, dass es da noch vieles gibt, vom dem ich noch weit entfernt bin. Ich lerne und lerne und es ist eine große Freude für mich.

Das macht mich sehr glücklich, ich liebe es in einem glücklichen Körper zu wohnen.

Ich habe einen Wunsch, vielleicht magst du mir dabei helfen. Ohne dich schaffe ich das sicher nicht.

Welchen Wunsch denn?

Ich würde mich sehr freuen, wenn wir zwei, das Ganze nochmals durcharbeiten würden. Also ich meine, ich weis schon einiges und doch bin ich mir manches Mal so unsicher, ob ich es richtig mache.

Richtig oder falsch, gibt es nicht. Ich verstehe dich und Übung macht den Meister. Gerne arbeite ich mit dir nochmals alles durch, die vielen schönen Dinge des Lebens. Wir werden viel Neues entdecken liebe Surina. Ich freue mich darauf.

Was hältst du davon? Thomas möchte gerne seine Mutter besuchen, die Kinder haben ihre Oma auch schon lange nicht mehr gesehen. Da wäre das verlängerte Wochenende über Fronleichnam perfekt.

Gerne!

Surina rief Thomas an und dieser war sofort einverstanden, denn auch er wusste wie wichtig diese Auszeit für Surina war.
Am Donnerstag, es war 8 Uhr in der Früh, fuhr Thomas mit den Kindern Richtung Kiel.
Surina atmete erleichtert und schon begann sie, eine große Decke in den Garten zu legen.
Sie ging duschen und zog sich einen bequemen Jogginganzug an.
Als sie nun vergnügt auf der Decke lag rief sie: Fertig wir können beginnen.

Du hast es aber eilig, hungrig auf viele Infos und viel Neues und Altes, das du schon kennst. Von mir aus können wir beginnen.

Sie legte sich auf ihre Decke und schloss die Augen. Ihr Atem floss gleichmäßig ein und aus. Ganz bewusst, ganz bei sich genoss Surina diese Meditation. Immer tiefer drang sie in ihr Innerstes. Sie fühlte sich friedlich und göttlich.
Sie öffnete langsam ihre Augen und blickte in den strahlend blauen Himmel. Bist du da?

Klar bin ich da. Mein Vorschlag wäre, wir fangen nicht irgendwo an, sondern wir lassen uns treiben und schauen was geschieht, welche Botschaften kommen. Was meinst du dazu?

Ja gerne!
Sie schloss erneut die Augen und beobachtete ihren Denker, der gerade davon galoppierte in Richtung, du musst noch viel erledigen, also beeile dich. Sofort stoppte das Denken, Surina lauerte wie eine Maus vor dem Mauseloch, ob noch weitere Gedanken kommen. Nichts Leere und Stille, Frieden und Ruhe.
Natur, auf einmal war der Begriff Natur da. Ich würde gerne über die Natur sprechen.

Ich liebe die Natur, die Bäume, Pflanzen, Blumen, Tiere, Seen und Flüsse.

Ich bin gerne in der Natur. Umarme die Bäume, Energie pur die da fließt. Ich betrachte die Blumen, diese Farbenpracht. Sehe den kleinen Wellen am See zu, besonders hübsch, wenn sich die Sonne darin spiegelt. Ich mag den Fluss, wie das Wasser fließt, so wie das Leben. Ich beobachte die Bäume, wie der Wind die Blätter hin und her schwingen lässt. Ich liebe die Tiere, egal ob ein Reh, ein Hase, ein Schmetterling oder eine Spinne. Alle Tiere dieser Welt sind göttlich.

Natur: Lateinisch, natura von nasci, entstehen, geboren werden. Es bezeichnet in der Regel das, was nicht vom Menschen geschaffen wurde.
Das Sein im Ganzen, alles ist verbunden, ein Ganzes.
Man unterscheidet zwischen belebter und unbelebter Natur. Belebte Natur sind Bäume, Tiere, Pflanzen. Unbelebte Natur sind Steine. Die Begriffe belebt und unbelebt sind dabei ganz nahe mit Lebewesen und Leben verbunden.
Natur bleibt und würde sich nie selbst vernichten.

Das hast du sehr schön erklärt, danke liebe Seele. Ich schätze und achte die Natur sehr. Ich lerne von ihr. Ich danke der Natur für die vielen Schätze, die ich bekomme. Fichtennadeln für Honig, ebenso den Löwenzahn und die Gänseblümchen. Es gibt so viele essbare Pflanzen, die gesund und voller Energie sind. Ich gehe durch einen Wald, über eine Wiese und sehe so viele friedliche Dinge die mein Herz berühren.

Die Natur kann dir den Weg nach Hause zeigen. Den Weg aus dem Gefängnis deines Denkens heraus. Pflanzen, Tiere und Steine wissen, dass sie einfach sein können. Das kannst du von ihnen lernen, Surina.
Still sein, da sein wo das Leben ist. Hier und Jetzt.

Sobald du deine Aufmerksamkeit auf etwas Natürliches richtest, trittst du aus dem Gefängnis des Denkens heraus und bist verbunden mit dem Sein. Du sollst dabei nicht an einen Baum oder Stein denken. Du sollst sie einfach wahrnehmen ohne sie zu benennen. Du spürst wie still sie sind und dabei entsteht dieselbe Stille auch in dir. Indem du dies wahrnimmst findest du tief in dir selbst einen Platz der Ruhe und des Friedens. Wenn du in der Natur bist, sei still, schaue, lausche und rieche. Jedes Naturwesen, z B. der Hase, ist er selbst, die Rose ist sie selbst, sie sind nicht getrennt sondern gehören zum Ganzen. Ich weis, dass ist etwas schwer zu verstehen, aber eigentlich ganz einfach. Jeder ist er selbst und doch sind wir Teil eines Ganzen.

Richte deine Aufmerksamkeit auf die vielen Geräusche der Natur, das Rascheln der Blätter im Wind, das Klopfen fallender Regentropfen, das Summen einer Biene, das Singen der Vögel. Gib dich vollkommen dem Hören hin, jenseits der Geräusche ist etwas viel Größeres, eine Heiligkeit die mit dem Verstand nicht zu begreifen ist. Eine große Intelligenz ist am Werk. Gott das Göttliche.

Die Natur wird dir antworten, wenn du bewusst bist und es einfach geschehen lässt.

Deine Zimmerpflanzen, hast du diese einmal richtig betrachtet, wie still sie sind. Wie sie in sich ruhen.

Die Luft die du atmest, ist ebenso Natur, wie der Atmungsvorgang selbst. Es ist der Atem der Natur. Nicht du atmest, sondern es atmet dich. Werde dir deiner Atmung bewusst und lerne, deine Aufmerksam fest auf sie gerichtet zu halten. Die Natur hilft dir, dich wieder mit dem Sein zu verbinden.

Nur, wenn du innerlich still bist, hast du einen Zugang zum Bereich der Stille, wo Pflanzen, Tiere und Steine zuhause sind.

Wenn du still bist und in dir ruhst, wirst du dir bewusst, ebenso wie sich der Baum, die Blume, Tiere und Steine bewusst sind, welche Schönheit, welchen Frieden du in dir trägst.

Du schenkst der Natur auch etwas zurück, etwas vom Ganzen.

Was für schöne Worte liebe Seele. Ich bin tief berührt. Ich würde am liebsten jetzt losgehen, in den kleinen Wald am Ende der Strasse.

Ja dann los, auf was wartest du noch?

Surina grinste vor sich hin, sie freute sich auf die Natur.
Ganz bewusst versuchte sie Schritt für Schritt zu gehen. Sie blieb hier und dort stehen, sah eine Blume, einen Schmetterling und einen großen Eichenbaum. Der Wald war heute besonders schön, so kam es ihr vor. Die

Sonne schimmerte durch die Blätter der Bäume und ließ diese glitzern und funkeln. Surina berührte einen Baumstamm, schloss die Augen und atmete. Sie fühlte die Rinde des Baumes, eine Ameise krabbelte über ihre Hand. Sie hörte den Gesang der Vögel, ein Konzert der besonderen Art. Sie roch die frische Waldluft, diese Bewusstheit brachte sie tiefer und tiefer, ein Frieden und eine Liebe wahr spürbar. Sie fühlte sich verbunden mit Mutter Erde und den Pflanzen, Tieren und Steinen. Ein besonders großer Stein lud sie ein doch Platz zu nehmen, Surina setzte sich dankbar hin. Sie schloss die Augen und begann wieder zu atmen. Schon hatte sie ein neues Wort, über das sie gerne reden würde, Jetzt.

Jetzt ist ein sehr gutes Wort, ein Wort das dich noch tiefer ins Bewusstsein bringen kann. Du lebst genau jetzt. Die Vergangenheit gehört zu dir, aber du bist nicht die Vergangenheit. Die Zukunft gehört auch zu dir, denn du wirst ja in einer Minute wieder irgendetwas erfahren, jedoch du bist nicht die Zukunft. Du bist genau jetzt und hier, jetzt atmest du, jetzt sitz du auf diesem großen Stein, jetzt beobachtest du die Natur.

Ja genau jetzt. Ich weis, dass meine Vergangenheit ein Teil von mir ist, jedoch ist

sie nicht mehr präsent. Ich weis auch, dass es eine Zukunft gibt, nur ist diese noch nicht da. Es ist genau das Jetzt da. Ach liebe Seele es ist so traumschön, hier in dem Wald, in dieser wunderschönen Natur. Danke, dass du bei mir bist.

Gerne, ich bin gerne hier. Ich liebe es, wenn du entspannt und ruhig, still bist.
Surina werde dir des Raumes bewusst, genau da wo du jetzt bist. Die Natur um dich herum, ist in einem Raum der Stille und Ruhe, genau so wie du. Werde dir bewusst, des Raumes, in dem die Stille ist, hinter den Formen. Ein Baum ist eine Form, die vergänglich ist, ebenso ein Vogel oder eine Blume. Jedoch der Raum in dem diese Formen sind, der vergeht nie. Werde dir bewusst der Stille des Raumes, oder auch der Stille zwischen Worten. Jetzt sitz du hier auf diesem Stein, Der Stein und du, ihr Beide seid umgeben von einem Raum der Stille. Ebenso der Vogel, der dort oben auf dem Ast sitzt. Ich spreche jetzt zu dir, da ist die Stille zwischen den Worten.

Wenn ich sauge, da ist ein Raum um mich und den Staubsauger herum. Interessant, siehst du, das wusste ich noch gar nicht.

Bist du alt wie eine Kuh, lernst du immer noch dazu.

**Die Seele kugelte sich vor lachen.
Hei hör auf mir wird ja schlecht, so wie du da in mir hin- und herkullerst.**

Ja, ja ist schon gut. Das Sprichwort gefällt mir einfach und es sind wahre Worte.
Du lernst immer wieder Neues. Also werde dir der Stille in jedem Moment bewusst.

Ich glaube in der Natur ist das am leichtesten, denn da ist es meistens still. Zuhause wird es schwieriger....

STOP: Nichts ist schwierig, es ist immer so wie du es dir selbst gestaltest.

Du hast Recht, genau wie ich es gestalte, so ist es.

Wenn du der Stille lauscht, der äußeren genau so, wie der inneren Stille, dann hört der Fluss der Gedanken auf. Also noch mal, du bist genau jetzt, hier, du sitzt genau jetzt auf diesen Stein. Bleibe im Bewusstsein, des Raumes, der jede Form, jedes Wort umgibt und erfahre die Stille.

**Es ist sehr schön hier mit dir liebe Seele.
Surina berührte den Stein, auf dem sie saß, ganz sanft. Sie legte ihre Hand auf ihn und**

schloss die Augen. Ihr Atem floss ruhig und gleichmäßig. Um sie herum war es ganz still.
Ich würde gerne noch mal über Gedanken reden, sie sind doch immer wieder da.

Sei bewusst und beobachte deinen Verstand, beobachte deine Gedanken. Je mehr du dies übst, umso weniger werden deine Gedanken. Natürlich kannst du deinen Verstand sinnvoll benutzen, für Rechenaufgaben oder um mit deinen Kindern zu reden. Nur diese Worte kommen dann aus deinem Innersten, nicht vom Denker, der nur darauf losplappert.
Zusammengefasst, wenn ein Gedanke kommt, beobachte diesen, ohne ihn zu bewerten. Las ihn einfach wie er ist, und beobachte. Jetzt schaue was geschieht, der Gedanke wird sich sofort auflösen.
Sag mir bitte, wenn du etwas nicht verstehst.

Doch ich kann dir sehr gut folgen, du erklärst das auch wirklich gut. Wollen wir ein kleines Stück weitergehen?

Ja gerne.
Ich würde gerne da vorne bei dem kleinen Bach etwas verweilen, was meinst du?

Ja, ich liebe Wasser. Wasser wäre mein nächstes Wort.

Wasser, ein Lebenselixier. Ohne Wasser kein Leben. Das Wasser solltest du schätzen und ehren. Ein Glas Wasser bewusst zu trinken, ist etwas sehr schönes, aber das weist du bereits.

Ich mag es sehr, wenn dieses kühle Nass durch mich hindurch fließt. Ich liebe es meine Füße im Wasser hin und her zu bewegen. Wenn das Wasser durch meine Zehen fließt. Oder einfach dem Wasser zuzusehen, wie es fließt. Wie sich kleine Kreise auf dem Wasser bilden, wenn Regentropfen hinein fallen. Ich mag es sehr zu schwimmen, in Berührung mit dem Wasser, das ich an meinem Körper fühle. Ich liebe es dem Regen zu lauschen, wie dieser auf die Erde fällt.

Das hast du wundervoll gesagt, liebe Surina.

Sie zog ihre Schuhe aus, setzte sich an den Rand des Baches und schon waren ihre Füße im Wasser. Der Himmel war voller Wolken, das Wasser streichelte Surinas Füße. Wie ein kleines Kind ließ sie ihre Füße immer wieder ins Wasser baumeln, dass es spritzte und ihr Jogginganzug nass wurde. Jedoch das war egal, sie hatte so viel Freude.
Die Seele war zufrieden und legte sich ein bisschen hin um zu träumen.

Surina saß nun im Gras und begann zu meditieren. Mit geschlossenen Augen, atmete sie tief und lauschte der Stille.

Die Zeit verging viel zu schnell und als Surina erwachte war es bereits dunkel.
Erschrocken blickte sie sich um, ein tiefes Schwarz umgab sie.
Hei, wach auf, es ist stockfinster, ich habe Angst.

Was schreist du denn so laut?

Schau dich doch um, es ist bereits dunkel, wir werden sterben.

Was dir dein Verstand wieder einzureden versucht. Surina, wir werden nicht sterben, wir leben und das genießen wir jetzt, auch wenn es dunkel ist.

Du hast ja gut reden, fühlst dich sicher in mir drin. Aber was ist mit mir, ich bin der Dunkelheit völlig ausgeliefert.

Ja, mach nur weiter so. Du steigerst dich wieder einmal in etwas hinein, das es gar nicht gibt. Der Wald ist der Gleiche, es hat sich nichts verändert. Nur es ist Abend geworden und somit dunkel. Du brauchst dich nicht zu fürchten, vor was denn, es ist nichts da, außer einem Schwarz, das dich einhüllt. Man nennt es Nacht.

Du machst mir Hoffnung, wie sollen wir aus diesem Wald wieder herausfinden? Ich sehe fast nichts. Du bist immer so schlau, also was soll ich tun?

Wenn du dir selbst zuhören könntest, liebe Surina. Du schwelgst gerade in Selbstmitleid. Wie arm du doch im Moment bist. Siehst du jetzt werden wir über Selbstmitleid sprechen.

Du spinnst, mitten in der Nacht. Ich möchte nach hause in mein Bett und nicht über irgendetwas sprechen.

Ja, wenn nicht jetzt, wann dann?
Genau jetzt ist der richtige Zeitpunkt. Außer du läufst jetzt irgendwo hin, mir egal, ich werde dir nun etwas zu diesem Thema erzählen.

Da sich Surina kaum bewegen traute, hörte sie der Seele zu. Was blieb ihr auch anderes übrig?

Hörst du mir zu?

Ja!

Selbstmitleid ist ein großes Thema. In Selbstmitleid zu baden, ist für euch Menschen etwas Wundervolles. Dabei steigert ihr euch so tief hinein und zum Schluss seid ihr unglücklich.

Jedoch, wenn es euch schlecht geht, bekommt ihr von Anderen Aufmerksamkeit, wie schön, ist es, von Anderen bemitleidet zu werden. Weil die Anderen sehen wie schlecht es euch geht. Nach der Mitleidphase fühlt ihr euch so miserabel, noch viel schlechter als vorher. Also von vorne das Spiel. Es wird wieder gesucht nach irgendwas, damit es einem schlecht geht und ihr euch eure Mitleidssprüche wieder abholen könnt. Du Arme, was du so alles durchmachst. Es rinnt wie Öl durch eueren Körper und nach kurzer Zeit dreht sich das Rad von vorne. Jetzt frage ich dich, was soll das bringen?

Keine Ahnung, du hast Recht, es bringt nichts.

Es bringt nur Leid und Krankheit, weil du in dieser Zeit nicht bewusst sein kannst. Du bist so sehr mit deinem Denker verbunden, der dir dies alles einredet.
Die Dunkelheit ist ein großer Lehrer, hier lernen wir viel über uns selbst. Du kannst hier nur fühlen und hören. Sehen tust du ja fast nichts. Also schärfst du deine Sinne auf das Fühlen und das Hören.
Diese Sinne sind sehr wichtig, sie führen dich tiefer ins Sein.

Wie schlau du bist, wo hast du dies alles gelernt?

Das erzähle ich dir später, nur so viel, ich habe viel gelernt, genau so wie du.

Ach, auch du hast gelernt, wie interessant. Ich dachte du weist einfach alles, weil du eine Seele bist.

Diesen Blödsinn hat dir wieder dein Verstand eingeredet. Wenn du jetzt in deinen Körper wärst, würdest du nicht solch einen Schmarrn erzählen.

Surina begann zu überlegen. Die Seele hatte Recht, wie immer. Wieder schloss sie ihre Augen und ging in die Tiefe des Seins, beobachtete ihren Atem und fühlte ihren Körper von innen. Wie friedlich sich alles anfühlte.
Sie sah ein Licht, ein Licht von einer Schönheit wie sie dieses noch nie gesehen hatte.
War dieses Licht in ihrem Körper, oder träumte sie.

Du träumst nicht!
Du bist sehr tief in deinen Körper eingedrungen, warst ganz bewusst an diesem Ort. Hier leuchtet und funkelt es, alles ist eingehüllt in einem weißen göttlichen Licht.

Göttliches Licht, heißt das, Gott wohnt in mir?

Gott, die göttliche Energie, das ewige Sein, egal wie du es nennen willst, ist in jedem von uns und somit sind wir mit allem verbunden.

Surina öffnete die Augen, es war stockfinster in diesem Wald und doch verspürte sie keine Angst. Sie sah mit ihrem innersten Selbst. Sie sah die Schönheit des Waldes, der tief in Schwarz eingehüllt war. Sie hörte die Schreie einer Eule. Langsam stand sie auf.

Wo willst du hin?

Ich möchte einfach die Erde unter meinen Füssen spüren.
Sie zog ihre Schuhe aus und ging Schritt für Schritt durch den Wald.
Sie fühlte das Moos unter ihren Füssen, herunter gefallene Blätter raschelten. Es fühlte sich nass und kalt an und doch war ihr warm.
Sie ging und ging, als sie plötzlich vor ihrem Haus stand.
Wie bin ich hierher gekommen?
Die Seele schmunzelte wie immer, wenn Surina nur wüsste, wer sie wirklich war.
Surina lag endlich in ihrem Bett und dachte über die Nacht im Wald nach. Thomas würde sie für verrückt halten. Zum Glück war er nicht da.

Der nächste Tag begann erst zur Mittagszeit. Surina hatte geschlafen und wachte kurz vor 12 Uhr auf.
Was schon Mittag, heute Abend kommen alle wieder und ich möchte noch so viel lernen.
Liebe Seele aufstehen!

Leise, schrei doch nicht so. Was du alles willst. Es kommt alles zu seiner Zeit. Ich meine damit, wenn du soweit bist, kommt so wie so alles so, was du wissen sollst.

Oh, habe ich dich aufgeweckt?

Ja, hast du.

Was machen wir heute?

Nichts!

Nichts?

Genau wir machen nichts. Heute ist Ruhetag, sonst wird es zu viel.
Du kannst machen was du willst und ich nehme mir heute eine Auszeit.

Kann sich eine Seele eine Auszeit nehmen?

Ja, das kann sie. Bis morgen Surina.

Warte, du kannst mich doch jetzt nicht einfach so allein lassen. Was soll ich den ganzen Tag tun?
Doch die Seele schwieg.
Surina begann aufzuräumen, ganz bewusst, oder besser gesagt so bewusst wie es ihr möglich war.
Sie saugte noch das ganze Haus durch und bereitete ein Abendessen zu. Thomas und die Kinder sind sicher hungrig nach der langen Fahrt.
Sie lies sich Badewasser in die große dreieckige Wanne einlaufen und genoss das warme Nass. Das Wasser schmiegte sich zärtlich an ihre Haut. Sie träumte von ihrem neuen Leben und den Herausforderungen, die es mit sich bringen würde..
An sich arbeiten, dachte Surina, ja das ist etwas Wundervolles. Kurze Zeit später war sie in ihren Bademantel gehüllt und lag auf dem Sofa im Wohnzimmer. Sie blickte aus dem Fenster und schmunzelte. Wie sie zum ersten Mal Kontakt zur Seele hatte, als diese meinte:" Schau aus dem Fenster Surina."
Viel Zeit war vergangen, ja es war die Vergangenheit und viel Neues hatte sich aufgetan.
Ein völlig neues Leben.
Ob es immer so weitergehen konnte?

Surina hatte schon noch viele Fragen. Was wenn ich wieder in alte Muster zurückfalle?
Um neunzehn Uhr standen Thomas und die Kinder vor der Türe. Es wurde ein toller Abend, mit einem schönen Essen und viel Lachen.
Max erzählte von seiner Oma, dass diese immer schusseliger wurde.
Max ermahnte ihn Surina, so was sagt man doch nicht.
Aber es ist doch die Wahrheit, Oma hat sogar vergessen, die Hühner zu füttern, zum Glück waren wir da. Ich habe das dann übernommen, die hatten großen Hunger.
Was für ein Glück, dass du da warst, Max.
Thomas war sehr ruhig, so kannte ihn Surina nicht. Er sprach kaum etwas, hörte nur zu.
Geht es dir nicht gut, sprach Surina ihren Mann an.
Oh, doch alles gut.
Surina fühlte dass es etwas gab, das ihr Thomas verschwieg. So begann sie zu überlegen, was könnte es nur sein.

Eigentlich wollte ich bis morgen meine Ruhe, aber du lässt mich ja nicht. Was machst du Surina?
Du bist wieder einmal irgendwo und nirgends. Kümmere dich um dich und lass Thomas einfach sein. Wenn er ein Problem hat kommt er schon zu

dir und wenn nicht ist es auch gut, bleibe doch einfach bei dir und nicht schon wieder bei anderen.

Du hast Recht.
Surina begann ihre Familie voller Liebe zu betrachten und lächelte. Schon war Thomas ganz bei ihr und lächelte zurück.
Wie einfach das war. Nur immer daran denken, war schwierig.

Du sollst nicht denken, sondern fühlen und vertrauen.

Ach ich lerne das nie im Leben.

Doch das tust du, es wird immer einfacher und auf einmal kommt alles von ganz alleine.

Meinst du?

Ja und jetzt lass mich, ich habe Erholungsbedarf.

Bin ich so anstrengend?
Die Seele verstummte und gab keinen Laut mehr von sich. Surina sollte endlich lernen allein zu leben. Sie durfte das alles verinnerlichen und damit umgehen.
Die Seele wusste ja ganz genau, dass Surina sich bemühte.

Es war Montagmorgen, Surina krabbelte aus dem Bett. Ging ins Bad und ließ sich kaltes Wasser über ihr Gesicht laufen. Sie blickte in den Spiegel, hei du ich liebe dich, ich bin wichtig. Lächelnd schlenderte sie ins Zimmer von Max. Aufstehen du Faulpelz die Schule ruft. Max wie immer ruck zuck aus dem Bett. Heute schreibe ich eine Deutschschularbeit.
Das schaffst du schon Max. sie schlenderte ins Zimmer von Sofie, die kaum unter ihrer Decke hervorschaute. Du bist ja schon wach, kommst du zum Frühstück?
Ach ja Thomas durfte sie nicht vergessen. Schatz aufstehen!
Langsam ging sie in die Küche um das Frühstück zuzubereiten.
Ganz ohne Eile stellte sie Wasser hin für den Kaffee.

Guten Morgen, du bist heute so gut gelaunt und so erholt?
Wo ist dein morgendlicher Stress?

Ich habe mir den Wecker 15 Minuten früher gestellt, somit geht alles viel einfacher und ich habe mehr Zeit.

Schlau bist du auch noch.

Das Frühstück verlief harmonisch, langsam verabschiedeten sich alle von Surina und sie war allein zu Hause.

So los geht es, wir fahren zum Einkaufen.

Was? Hast du Hunger?
Hm….. hast du wirklich Hunger. Ich habe dich noch nie gefragt, ob du etwas essen möchtest.

Ich habe keinen Hunger. Wir wollen heute üben und dazu fahren wir einkaufen.

Gut, gib mir bitte zehn Minuten, oder soll ich im Schlafanzug fahren? Surina musste lachen, sie beim Einkaufen im Schlafanzug.

Mir ist es egal, Hauptsache wir fahren.

Kurze Zeit später saß Surina im Auto und fuhr Richtung Einkaufszentrum.
Heute hatte sie nur rote Welle, alle Ampeln meinten es nicht so gut mit ihr. Doch Surina dachte an die Gespräche mit ihrer Seele und verweilte im Innersten, bis es auf Grün umschaltete.
Ein Parkplatz war schnell gefunden und Surina marschierte Richtung Eingang.

Die Seele beobachtete alles und war sehr zufrieden. Surina holte sich einen Einkaufswagen und fand schnell dies und das.

So wir sind ja nicht nur zum Vergnügen hier. Schau dich genau um, beobachte deine Mitmenschen.

Das ist Zeitverschwendung, für was soll das gut sein?

Du hast super geübt, alleine und auch bei deiner Familie, jetzt geht es darum auch auf andere Menschen zuzugehen, oder andere einfach so sein zu lassen wie diese sind.
Schau dort an der Käsetheke steht eine Frau, gehe einmal bei ihr vorbei und lächle sie an.

Die erklärt mich für bescheuert.

Ja und? Diese Frau ist sehr unglücklich, das siehst du an ihrem Blick und an ihrer Haltung. Sie ist nicht im Einklang mit ihrem Leben. Jetzt könntest du etwas Gutes tun und ihr ein Lächeln schenken.

Meinst du wirklich?

Ich meine es Ernst Surina, gib den Menschen doch auch eine Chance sich ein bisschen zu verändern, mit einem Lächeln kannst du viel erreichen.

Surina steuerte auf die Frau zu und lächelte diese an. Die Frau lächelte zurück und sah Surina noch hinterher.
Surina war sehr unsicher, was sie sich wohl gedacht hatte. Ob ich aus dem Irrenhaus ausgebrochen bin?

Dein Denker ist ja wieder voll aktiv. Was sich die Frau denkt ist nicht dein Problem. Es ist eine Übung, wie du Liebe in die Welt hinaustragen kannst, ohne viel zu tun. Dabei ist es so viel was du tust.

Heute sprichst du in Rätseln. Es ist viel und doch nicht viel??

Die Frau wird sich heute öfter am Tag erinnern, an dein Lächeln. Ihr Menschen seid es nicht gewohnt, dass man euch ein Lächeln schenkt. Sofort grübelt ihr darüber nach, warum das so ist. Anstatt es einfach anzunehmen.

Surina ging durch den Supermarkt und lächelte. Des Öfteren bekam sie ein lächeln zurück. Jedoch es gab Menschen die verzogen keine Miene, so sehr waren diese mit ihrem Verstand verhaftet.

Diese Menschen sehen dein Lächeln gar nicht oder wollen es nicht sehen, weil es nicht in ihre dunkle Welt passt.

Nun begriff Surina das Ganze. Ein Lächeln für die Menschen dieser Erde und vielleicht gefiel es dem einen oder anderen.
Als sie zum Auto zurückging, kam eine Frau genau auf sie zu. Surina lächelte, die Frau lächelte zurück.
Sie meinte: Wir kennen uns!
Surina war sofort gefesselt von der mütterlichen Art. Ja wir kennen uns. Obwohl Surina sich ganz sicher war diese Frau noch nie gesehen zu haben.
Schnell entstand ein schönes Gespräch. Die Seele freute sich sehr, genau so sollte es sein.
Was man ausstrahlt kommt zu einem zurück.
Sie tauschten noch Telefonnummern aus und beim Verabschiedeten fielen sie sich in die Arme..
Was für ein Tag, Surina war überwältigt. Die ganze Zeit dachte sie an Irmgard. Welch eine interessante Frau.

Siehst du genau so ist es, was du ausstrahlst kommt zu dir zurück. Wärst du mit einer traurigen Miene über den Parkplatz gegangen, hättest du Irmgard nicht kennen gelernt.

Stimmt, ein schönes Gefühl Menschen zu treffen.

Bewerte das Glücklichsein nicht zu sehr. Beurteile nicht, erlebe die Situationen wie diese sind. Lass sie einfach sein. Es ist wie eine Waage, diese will ausgeglichen sein.
Natürlich kannst du dich freuen, aber komme bald wieder zurück in deinen inneren Raum. Hier gibt es kein gut und böse, kein tief und hoch, hier ist alles eins.

Du erstaunst mich immer mehr, was kommt denn noch alles? Ich meine immer mehr geht nicht und schon hast du was Neues auf Lager.

So ist es! Ich möchte dir einen wundervollen Satz oder besser gesagt ein Mantra sagen. Das wird dir helfen noch öfter in der Gegenwart zu sein.
Sei still wisse ich bin Gott.
Oder
Sei still wisse ich bin göttlich.
Oder
Sei still wisse ich bin reines Sein.
Oder
Sei still wisse ich bin Licht.
Von diesen Sätzen kannst du dir einen aussuchen, der dir am Besten gefällt.

Was bedeuten diese Sätze?

Sei, das ist reines Sein, das bist du.

Still, das ist die Stille hinter allem was ist, das bist auch du.

Wisse, das ist reines Wissen, das bist auch du.

Ich bin, das bist auch du.

Das letzte Wort kommt immer auf dasselbe hinaus. Ob Gott, göttlich, reines Sein oder Licht, das bist auch du.

Wer bin ich? Bitte kläre mich auf, wer bin ich?

Das du diese Frage einmal stellen wirst, war mir bewusst. Ich frage dich, wer bist du?

Du hast mir gelernt ich bin nicht der Verstand. Ich bin, hm…… ich bin der Körper und vielleicht noch tief im Inneren irgendwas. Nur was?
In diesem Moment begann es zu regnen. Surina beeilte sich um alles schnell im Auto zu verstauen.
Die Frage war vergessen.
Zu Hause angekommen stand Max schon vor der Türe. Da bist du ja endlich, heute ist Sport ausgefallen. Ist ja richtig gemein, mein

Lieblingsfach. Der Sportlehrer hat sich das Bein gebrochen.
Komm rein Max, du bist pitsche nass.
Fürsorglich begann Surina, Max in die Badewanne zu stecken. Eine heiße Schokolade gab es auch noch. Max fand es gar nicht mehr so schlimm, dass der Sportunterricht ausgefallen war.
Den ganzen Tag war sie beschäftigt mit Hausarbeit und zum Schluss wurde noch gebügelt.

Hm ..... das soll ich verstehen, Du bist wieder im alten Trott Nach drei Stunden putzen, wirst du wohl einmal 10 Minuten für dich übrig haben. Für was rede ich hier eigentlich, wenn du mir so wie so nicht zuhörst. Wenn du so weitermachst, fängst du bald wieder da an, wo du schon einmal warst.

Ach lass mich in Ruhe, heute Abend ist doch Geschäftsessen von Thomas und seinen Kollegen.

Ach ja, das verstehe ich natürlich. Gar nichts will ich verstehen, setz dich hin und schau aus dem Fenster.

Jedoch Surina hatte keine Zeit, in ihren alten Mustern, raste sie durch das Haus. Erledigte

dies und das und stand nun in der Küche.
Mindestens 4 Gänge sollten es schon sein.
Max, ich fahre schnell einkaufen, willst du mit?
Max!!!!!
Eilig rannte sie in Max Zimmer, dieser saß mit vielen bunten Legosteinen am Boden und baute ein Haus.
Willst du mit zum Einkaufen?
Nein!
Gut ich beeile mich, bis bald.
Schon war sie verschwunden und saß im Auto. Vor den Regalen, Ratlosigkeit, was soll ich kochen. Also schnell entscheiden.
Vorspeise: Blätterteigröllchen
Suppe: Französische Zwiebelsuppe
Hauptgericht: Kartoffelauflauf
Nachtisch. Bayerische Creme mit Erdbeeren
Das ist perfekt, dachte sich Surina und steuerte ihr Auto bereits nach Hause.
Es wurde nun gearbeitet, alles sollte so perfekt wie nur möglich sein. Schnell noch unter die Dusche, bevor Thomas vor der Türe stand.
Pünktlich um achtzehn Uhr stand Surina mit dem ersten Gang im Esszimmer und Thomas Arbeitskollegen waren wie immer begeistert. Der Wein durfte natürlich auch nicht fehlen, sie hatte an alles gedacht. Großes Lob, lief Surina wie Butter über den ganzen Körper. Sie freute sich sehr. Schon lief ihr Leben

wieder einfach so dahin. Sie dachte kaum noch an ihre Seele, dafür war einfach keine Zeit.
Der Seele wurde das Spiel langsam zu dumm.

Jetzt reicht es mir aber, wie soll das weitergehen.

Es gab nur eine Möglichkeit Surina wieder von ihrem Stress zu befreien. So schickte die Seele ihr schnell einen Husten, Schwindelanfällle und ein paar Schmerzen im unteren Rücken.
Mir tut alles weh, so ein Mist, hoffentlich werde ich nicht krank. Sie versuchte ihren Arbeiten nachzugehen, wurde dabei immer langsamer. Starker Husten plagte sie und ihr war so schwindelig. Die Rückenschmerzen fesselten sie bald ans Bett oder das Sofa. Es ging fast nichts mehr.
Thomas und die Kinder machten sich große Sorgen. Mama kann ich dir etwas bringen? meinte Sofie. Max kuschelte sich an seine Mama und Thomas kam mit einer großen Tasse Tee.
Surina versuchte zu schlafen, was ihr nicht gelang. Auf einmal erinnerte sie sich an ihre Seele.
Hei bist du da?

Jetzt wo es dir schlecht geht, bin ich wieder gut genug. Ihr Menschen seid doch komische Wesen. Erst muss es euch schlecht gehen, damit ihr wieder etwas verändern wollt. Warum nur so kompliziert? Du hättest deine Arbeiten locker bewältigt, mit kleinen Pausen zwischendurch. Aber nein du bist ja wieder so schlau.

Leise bitte, ich kann diesen Krach nicht ertragen.

Aber ich soll schon alles ertragen, was du mit mir machst? Wie stellst du dir unser weiteres zusammenleben vor?

Wie meinst du das? Willst du ausziehen?

Wollen schon, ja! Nur…..

Ich weis, es geht nicht, du bist bei mir und bleibst es, solange ich lebe. Hast du mir einmal gesagt, damals in den Bergen. Schon war Surina in der Vergangenheit und dachte an die Berghütte und die wundervollen Gespräche mit ihrer Seele.

Das ist doch einmal sinnvoll, dass du jetzt in die Vergangenheit gehst. Du hast so viel gelernt und ….

Das ist alles weg, ich bin wieder am Anfang.

Es ist alles da, du brauchst es nur abzurufen. Dir bewusst werden.

Surina begann zu überlegen, sie wusste noch ganz genau, was sie alles gelernt hatte. So stand sie auf und ging zum Fenster. Schaute in den Himmel, sah dunkle Wolken und in diesem Moment begann es zu regnen. Der Regen prasselte auf ihr Fensterbrett, sie sah die kleinen Tropfen springen und hüpfen. Sie wollte wie der Regen sein, springen und hüpfen.
Wieder einmal hatte die Seele es geschafft Surina, aus ihrer negativen Lage zu befreien.
Von Tag zu Tag ging es ihr besser. Sie machte wieder kleine Spaziergänge und schaffte ihre Arbeit ganz leicht.

Schön, dass du wieder lebst Surina.

Wunderschön, danke liebe Seele.
Da ist doch noch eine Frage. Wer bin ich?

Du bist ich und ich bin du. Wir sind eins.

Was soll ich damit anfangen? Wir sind eins?

Du bist reines Bewusstsein, du bist Licht, du bist die Seele.

Also, wenn ich die Seele bin, wer bist dann du?

Mich gibt es so gar nicht, du hast immer zu dir selbst gesprochen. Du bist eine reine schöne Seele, die schon viele Erdenleben hier verbracht hat.
Dieses Mal hast du dir genau den Körper ausgesucht und genau das Leben, das du jetzt führst.

Aber ich suche mir doch nicht diesen Stress freiwillig aus.

Doch, genau das tust du. Stell es dir so vor. Du kommst immer wieder auf diese Erde um zu lernen. Jedes mal spielst du ein anderes Spiel, also lebst du ein anderes Leben. Du hast schon viele Leben gelebt und jetzt bist du in diesem Leben, dass dich vieles lehrt.
Du lebst hier auf der Erde in einem Körper, der nach dem Leben zu Staub zerfällt. Dann bist du als Seele in einer ganz anderen Schwingung. Nach Erholung von diesem Leben auf der Erde, bist du bereit wieder ein Leben hier auf der Erde zu führen. Stell es dir einfach so vor. Du als Seele willst wieder auf diese Erde um zu lernen. Also sitzt du am Stammtisch der Seelen und bereitest dich auf das neue Leben vor. Du wünscht dir dies und das.

Es kann sein, dass du dir eine Behinderung wünscht, weil du daran wachsen kannst. Vielleicht wünscht du dir fünf Kinder, du nimmst noch die Rückenschmerzen und zum Schluss, sagst du: Ach den Krebs nehme ich auch noch. Jetzt unterschreibst du das Ganze und suchst dir eine Mutter und schon bist du wieder hier auf der Erde als menschliches Wesen.
Mit dem Stammtisch so ist es natürlich nicht, aber so verstehst du es besser.

Surina blieb der Atem stehen.
Ich suche mir das selbst aus? Wie dumm bin ich, ich hätte mir doch Liebe und Frieden, wenig Arbeit und nur Glück aussuchen können.

An diesen Dingen sollst du dann wachsen, sollst du etwas lernen? Nein, so geht das Spiel des Lebens nicht. Lernen kann man nur von Herausforderungen, wenn alles nur schön läuft, ist es irgendwann nichts Besonderes mehr. Schätze die kleinen Dinge und du erfährst Großes.

Das habe ich jetzt alles zu mir selbst gesagt, weil ich du bin?

Ja.

Es ist alles so verwirrend und doch so einfach.

Ich danke dir für deine Hilfe, das sind so viele neue Sachen auf einmal. Ich bin eine Seele und wohne in diesem Körper.

Pass auf! Dein Verstand möchte dir immer wieder etwas weis machen, dass gar nicht stimmt. Er wird immer wieder plappern und plappern. Sei wachsam und beobachte, so wirst du eins mit allem was ist.
Fühle deinen inneren Körper, dein inneres Sein. Egal ob du krank bist oder gerade Stress hast, sei ganz bei dir. So löst du alte Muster auf und kannst ein Leben voller Harmonie und Freude führen. Wenn dann eine Herausforderung kommt, gehst du ganz gelassen damit um. Du brauchst mich nun nicht mehr, ich gehe schlafen, denn du weist ja ich bin du und du bist ich.

Bleib da, mit dir ist es so schön. Vielleicht kann ich noch mehr von dir lernen. Ich ..... plötzlich verstummte Surina. Ich bin du und du bist ich, welch schöner Satz.
Surina ging in den Garten es regnete immer noch. Die Regentropfen liefen ihr über das Gesicht. Sie richtete ihren Blick zum Himmel, schloss ihre Augen und wusste sie ist ein Teil vom Ganzen, von allem was ist.

Das Leben hatte sie wieder, die Tage vergingen. Surina war sehr bewusst und meisterte somit alle Situationen. Oft las sie in dem Buch „Jetzt, die Kraft der Gegenwart". Sie verstand immer mehr und war sehr neugierig auf ihr weiteres Leben. Ja und schon war sie in der Zukunft. Blitzschnell kam sie wieder in den Augenblick zurück, der gerade ist.

Abends lag sie in Thomas Armen.
Thomas warum hast du mir damals dieses Buch geschenkt, es gibt so viele Bücher?
Der Verkäufer meinte:
Das ist das Beste seiner Art!

Danksagung:

Ich möchte mich bei allen Wesen dieser Erde bedanken, die mich auf meinen Lebensweg begleiten.
Egal ob es nur kurze Augenblicke, des gemeinsamen Seins sind, oder Menschen die mich viele Jahre begleiten.
Alles hat seinen Sinn, wenn wir Menschen es auch nicht immer erkennen.